LA RUECA
RESQUEBRAJADA

LA RUECA
RESQUEBRAJADA

Alix E. Harrow

Traducción de David Tejera Expósito

Revisión de Juan Manuel Santiago

Galeradas revisadas por Sigrid Herzog Lorenzo

Rocaeditorial

Muchas de las ilustraciones de siluetas de Arthur Rackham
que hay a lo largo del libro han sido inevitablemente dañadas,
cortadas y resquebrajadas durante el proceso de diseño.
¿Puedes detectar los cambios?

Título original: *A Spindle Splintered*

© 2021, Alix E. Harrow

Ilustraciones del interior: Arthur Rackham

Primera edición en este formato: noviembre de 2022

© de esta traducción: 2022, David Tejera Expósito
© de esta edición: 2022, Roca Editorial de Libros, S. L.
Av. Marquès de l'Argentera, 17, pral.
08003 Barcelona
actualidad@rocaeditorial.com
www.rocalibros.com

Impreso por Egedsa
Printed in Spain – Impreso en España

ISBN: 978-84-18870-27-9
Depósito legal: B 4703-2022

RE70279

Para todas las que merecen una historia
mejor que la que han tenido

1

Está claro que *La bella durmiente* es el peor cuento de hadas, lo mires por donde lo mires.

No hay por dónde cogerlo, es amoral y también machista hasta decir basta. Es el que las académicas feministas citan cuando quieren comentar la pasividad de la mujer en las narraciones históricas. («Se queda dormida en su propio clímax», como solía decir mi profesora favorita de estudios de género. «A buen entendedor, pocas palabras bastan.».) Jezebel la considera la película Disney «menos *woke*» de todos los tiempos, que ya es decir en un mundo en el que existe *La sirenita*. Puede que Ariel perdiese su voz por un tío, pero Aurora apenas usa la suya: tiene un grandioso total de dieciocho (18) unidades de líneas de diálogo en su propia película, menos que el príncipe, la villana o cualquiera de las hadas madrinas.

La bella durmiente no es la favorita ni entre las otras empollonas que se han licenciado en folclore. A las más románticas les gusta *La bella y la bestia*; a las típicas, *Cenicienta*, y a las góticas, *Blancanieves*. *La bella durmiente* solo les gusta a las moribundas.

No recuerdo cuándo fue la primera vez que vi *La bella durmiente*, puede que en una sala de espera o en la camilla de un hospital, entre pitidos de máquinas y personal de enfermería risueño, pero sí que recuerdo la primera vez que vi las ilustraciones de Arthur Rackham. Fue en mi sexto cumpleaños, después de la tarta, pero antes de las pastillas que me tenía que tomar por la noche. Mi penúltimo regalo había sido un volumen encuadernado en tela de los cuentos de hadas de los hermanos Grimm, cortesía de mi padre. Empecé a hojearlo (fingiendo estar un poco más emocionada de lo que estaba en realidad, porque ya con seis años sabía que tenía que cuidar bien de mis padres), y fue entonces cuando la vi: una mujer perfilada con las acuarelas más claras y tumbada con mucho estilo en su cama. Con los ojos cerrados, una mano blanca e inerte colgando y el cuello arqueado. Unas sombras de tinta la acechaban como cuervos a su alrededor.

Me pareció muy guapa. Y también muy muerta. Más tarde descubriría que ese es el aspecto que presenta siempre la Bella Durmiente: está buena, es rubia y está muerta, tumbada en una cama que bien podría ser un ataúd. Le toqué la curva de las mejillas y el blanco de la palma de la mano, hipnotizada.

Pero cuando quedé del todo prendada fue al pasar la página. Seguía estando buena y siendo rubia, pero ya no estaba muerta. Tenía los ojos abiertos como platos, azules como el cielo en junio, vivos y desafiantes.

Y fue como si... No sé. Como si se encendiese una baliza o una llama en mi pecho. Charm (Charmaine Baldwin, mi mejor y única amiga) dice que la Bella Durmiente fue mi primer amor platónico, y lo cierto es que no anda muy errada. Pero también fue más que eso. Fue como mirarme en un espejo y ver mi rostro reflejado, más radiante y mejor. Era la historia de mi vida de mierda convertida en un mito majestuoso y bonito. Una princesa maldita desde su nacimiento. Un sueño que no tiene fin. Una chica moribunda que se niega a morir.

Objetivamente, soy consciente de que nuestras historias no son tan parecidas. Las hadas malvadas no son muy comunes en las regiones rurales de Ohio, y no se puede decir que arrastre una maldición, ya que lo que sufro es un daño teratogénico provocado por una actividad ilícita empresarial. Si se dibujara un diagrama de Venn cuyos círculos nos representasen a mí y a Rosa, los elementos que tendrían en común serían: 1) estamos condenadas a morir jóvenes, 2) estamos buenas, en el sentido más frágil y consuntivo de la palabra, y 3) tenemos nombres de flores. (Sí, tengo un título en folclore y sé que la Bella Durmiente tiene varios nombres, como Talia, Aurora o Zellandine (no busquéis ese último en Google), pero los hermanos Grimm la llamaron Rosa y yo me llamo Zinnia Gray, así que dejadme al menos ese consuelo, ¿vale?) Ni siquiera soy rubia.

Después de aquel cumpleaños, me quedé muy obsesionada. Esa es una de las reglas de las chicas moribundas: si te gusta algo, te gustará hasta las trancas, ya que no tienes tiempo que perder. Por ello, tuve sábanas de la Bella Durmiente, pasta de dientes de la Bella Durmiente y Barbies de la Bella Durmiente. Mis estanterías estaban llenas de volúmenes de los hermanos Grimm, de Lang y luego de McKinley y Levine y Yolen. He leído todos los *retellings* y todos los libros ilustrados. Me compré los DVD de la serie original de *Alvin y las ardillas* para ver el episodio 85B, titulado «La leyenda de la Brittany Durmiente», que era igual de horrible que cualquier otro producto audiovisual de la franquicia. Cuando tenía doce años había visto a miles de bellas pincharse el dedo en miles de ruecas, miles de castillos sepultados bajo miles de rosales. Pero quería más.

Me gradué en el instituto dos años antes, ya que otra de las reglas de las chicas moribundas es que hay que darse prisa. Y me matriculé directamente en el Departamento de Antropología y Saber Popular de la Universidad de Ohio. Siete semestres después, había conseguido una licenciatura inútil y una tesis de doscientas páginas sobre representaciones de discapacidades y enfermedades crónicas en el folclore europeo, y también me quedaba menos de un año de vida.

Papá lloraría si me oyese decir eso. Mamá habría inventado una tarea muy urgente que hacer en los parterres, cuidando de cosas que no fuesen a morírsele. Charm habría puesto los ojos en blanco y después me habría dicho que dejase de quejarme tanto del temita (hay que ser muy especialita para que tu mejor amiga sea una moribunda).

Todos ellos me recordarían que no puedo estar segura de cuánto tiempo me queda, que la enfermedad generalizada de Roseville no está muy estudiada aún, que ahora mismo están probando nuevos tratamientos, etcétera, etcétera, pero lo cierto es que nadie que tenga EGR ha llegado jamás a los veintidós años.

Hoy es mi vigésimo primer cumpleaños.

Todos mis familiares han venido a cenar, y mi abuela bebe como lo haría un pez, suponiendo que los peces bebieran whisky, y la peor de mis tías ha empezado a incordiar a mi padre con cristales y terapias alternativas. Me duelen las mejillas por forzar la sonrisa, mis pobres padres hacen todo cuanto está en su mano para que la celebración no parezca un velatorio, y yo nunca me había alegrado tanto en mi corta y condenada vida de sentir el zumbido del teléfono en la cadera. Es Charm, claro:

Feliz cumpleaños!!

Y luego:

Nos vemos en la torre, princesa

❉ ❉ ❉

Las torres, al igual que las hadas malvadas, tampoco son muy habituales en Ohio. Lo que más tenemos son graneros, vallas publicitarias dedicadas a Jesucristo y hectáreas y más hectáreas de cultivos de soja.

Pero Roseville sí que tiene una torre. Hay una antigua penitenciaría estatal en la ruta 32, abandonada en los años sesenta o setenta. El edificio es una mole de ladrillos en su mayor parte, con ventanas rotas y pintadas mediocres. Sin duda tiene todo el aspecto de estar encantada, pero también cuenta con una antigua torre de vigilancia en una de las esquinas. Tendría que ser tan inquietante como el resto de la edificación, emponzoñada tras décadas de miseria humana e injusticias institucionales, pero en lugar de eso parece… perdida. Como si perteneciese a otra época y a otro lugar, como un faro rodeado de tierra. Como una torre salida de un cuento de hadas que, de alguna manera, hubiese aparecido en las costas del mundo real.

Es el lugar donde siempre había planeado morir durante esa fase morbosa preadolescente que tuve. Me imaginé arrancándome de manera abrupta la vía de las venas y luego arrastrándome por la carretera secundaria, ahogada en mis proteínas traicioneras y cayendo al suelo de forma gótica y atractiva justo cuando llegase a la estancia más alta. El pelo quedaría desperdigado como una aureola negra alrededor del blanco macilento de mi rostro, y quienquiera que me encontrase allí se vería obligado a parar para suspirar al contemplar lo trágica que resultaría la escena. Chúpate esa, Rackham.

No veas lo intensitas que nos poníamos a veces en secundaria. Ya no tengo la menor intención de que nadie descubra mi cadáver allí, 11 porque no soy un monstruo, pero de vez en cuando visito la torre. Es el lugar al que iba después del instituto para saltarme las clases de atletismo y colocarme con Charm; también es el lugar en el que me enrollé con alguien por primera vez (también con Charm, antes de instaurar la tercera regla de la joven moribunda); también es el lugar adonde voy cuando no soporto estar en mi casa, en mi pellejo, ni un segundo más.

Apago los faros y recorro así los últimos cuatrocientos metros de la ruta 32, ya que la vieja penitenciaría es en teoría una propiedad privada y pueden coser a tiros a cualquier allanador, y luego aparco el coche. Cojo el puñado de pastillas de las ocho y después me abro camino por la carretera llena de baches que lleva hasta la antigua torre.

No me sorprende ver el titilar anaranjado de una luz en las ventanas. Supongo que Charm ha convencido a unas cuantas de nuestras amigas, de sus amigas para ser del todo sincera, porque les habrá dicho que se trata de una fiesta y que no la va a celebrar en esa zona llena de residuos tóxicos que es su apartamento. Estoy segura de que habrá comprado esos vasos de plástico rojo y medio barril de cerveza, para que empiece a aprovechar lo de tener veintiún años desde el primer momento, haciendo caso omiso al hecho de que el alcohol causa interacciones al menos con tres de mis medicamentos. Sí, es de esa clase de amigas.

Pero cuando entro en la torre, no huele a cerveza, ni a hierba, ni a moho. Hay un aroma exuberante, embriagador y tan dulce que me siento como uno de esos personajes de los dibujos animados antiguos al que los vapores agarran por las fosas nasales.

Floto escaleras arriba. Oigo murmullos sobre mí, retazos de una música nada propia de Charm que aumenta de volumen con cada paso que doy. La estancia más alta de la torre siempre ha estado vacía, a excepción de los restos que han dejado el tiempo y los adolescentes: hojas secas, chapas de cerveza, mudas de cigarra y algún que otro condón. Esta noche no está vacía. Hay cordeles llenos de luces perladas que se entrecruzan por el techo, y también tiras de tela alargadas y coloridas con las que han cubierto las ventanas. Más o menos una docena de personas llevan esas típicas alas de hada transparentes que se compran en la tienda de objetos de Halloween que está abierta todo el año en el centro comercial. Y hay rosas por absolutamente todas partes: brotando de cubos y de frascos y de botellas de vino Carlo Rossi. Y, en el centro de la habitación, polvorienta, desvencijada y grandiosa a su manera, hay una rueca.

En ese momento reconozco la canción que suena: «Eres tú el príncipe azul», el tema principal de *La bella durmiente* de Disney, una melodía de vals copiada directamente de un *ballet* de Chaikovski.

Ya estoy demasiado mayor para un cumpleaños temático de *La bella durmiente*. Pero soy incapaz de dejar de sonreír.

—Venga ya, Charm. No me creo que hayas hecho esto.

—Ya te digo que lo he hecho. —Charm le pasa la Pabst Blue Ribbon a la chica que está junto a ella y se gira hacia mí. Se tiene que poner un poco de puntillas cuando la abrazo, como una actriz de una de esas películas en blanco y negro, aunque con más tatuajes y *piercings*—. Feliz cumpleaños, guapa. De parte de tus hadas madrinas.

Se pone de perfil para enseñarme cómo se le agitan las alas, azules porque Primavera es su personaje favorito. Y luego me embute una corona de princesa en la cabeza.

Nuestras amigas (sus amigas) vitorean y dan palmas y me pasan la cerveza caliente. Alguien enciende la música, gracias a Dios, y durante unas horas finjo que soy como ellas. Joven e irreflexiva y feliz, disfrutando del primer capítulo de mi vida en lugar del último.

Charm intenta seguir con la pantomima todo el tiempo posible. Obliga a todo el mundo a jugar a un juego de preguntas de Disney que no parece tener reglas y en el que yo siempre gano. No deja de sacar *cupcakes* glaseados, rosados y azules, en envases de porexpán de Walmart. Arranca pétalos de las rosas y me los tira cada vez que mi sonrisa amenaza con desaparecer. Todo el mundo parece estar disfrutando.

Durante un rato.

Pero hay un límite para el tiempo que puedes pasar disfrutando con una moribunda y con su mejor amiga, momento tras el cual la mortalidad llama a la puerta con uno de sus imponentes nudillos. Cuando dan las once, alguien ya está lo bastante borracho como para preguntarme: «Bueno, ¿y qué vas a hacer este otoño?» y un frío se extiende por la estancia. Se nos enrosca en los tobillos y hace que se nos ponga la carne de gallina, y de repente las rosas huelen a funeral y todo el mundo deja de mirarme a los ojos.

Me planteo mentir. Fingir que tengo pensado hacer prácticas, trabajar o embarcarme en alguna aventura pendiente, pero lo cierto es que no he planeado nada, solo una cantidad finita de noches de juegos en familia en el transcurso de las cuales mis padres me mirarán con afecto desde el otro extremo de la mesa del comedor y yo me iré asfixiando poco a poco con el espantoso peso de su amor.

—Ya sabes. —Me encojo de hombros—. Intentar engañar al tiempo.

Intento que suene gracioso, pero noto que lo digo con cierto tono mordaz.

Después, las amigas de Charm empiezan a marcharse de la torre en grupos cobardes de dos o tres hasta que solo quedamos las dos, como es habitual. Y como dejará de serlo dentro de poco. Sus amigas se llevan el altavoz, por lo que la torre se queda en silencio, con la única salvedad del suave rumor de la brisa contra las ventanas, el chasquido y el siseo de otra cerveza al abrirse.

Charm se vuelve a colocar bien las alas de hada y me mira con una mesura peligrosa en los ojos y la boca medio abierta. Tengo la horri-

13

ble premonición de que está a punto de decir algo imperdonablemente sincero, como «te quiero» o «te echaré de menos».

Cabeceo en dirección a la rueca.

—¿Te atreves a pincharte el dedo?

Charm se aparta de los ojos un mechón decolorado de pelo y la mesura desaparece.

—La princesa eres tú, guapa. —Me guiña el ojo—. Pero si quieres, te beso cuando lo hagas. —Pone un tono de voz pícaro, pero sé que no lo dice en serio, lo cual es un alivio. La tercera regla de la joven moribunda es «Nada de romance», porque mi vida ya es como uno de esos dilemas del tranvía y no quiero que haya más personas en las vías. (He pasado en terapia demasiado tiempo como para saber que no es «una decisión sana con relación al apego», pero creo que aceptar mi mortalidad inminente ya supone bastante trabajo como para que, además, tenga que tomar decisiones sensatas al respecto.)

—¿Sabes que al principio no era una rueca lo que había en el cuento? —digo, porque el alcohol me transforma en una página de la Wikipedia parlanchina—. En la versión original, siempre que demos por sentado que la tradición oral tiene «versión original», que ya te digo yo que no, la protagonista se pincha el dedo con una fibra de lino. Los hermanos Grimm usaron la palabra «huso», pero la rueca con rueda como tal no empezó a usarse de manera habitual en Europa hasta mediados del siglo xvi... ¿Por qué tienes los ojos cerrados?

—Rezo para que te dé un brote de amiloidosis de repente y me libre de este sufrimiento.

—Ah. Pues que te den, ¿no?

—¿Tienes idea de lo difícil que es meter una rueca en el maletero de un Corolla? ¡Pínchate el dedo ya! Ya casi es medianoche.

—Eso es de *Cenicienta*, imbécil.

Pero me pongo en pie, obediente, y me intento convencer de que el suave tambaleo de la ventana tiene que deberse a que estoy algo más borracha de lo que me había imaginado. Le dedico una reverencia a

Charm, me bamboleo solo un poco y apoyo el dedo contra el huso.

Como era de esperar, no ocurre nada. ¿Por qué iba a ocurrir algo? No es más que una antigüedad polvorienta en una torre abandonada, que casi no está ni lo bastante afilada como para hacerme sangre. Y yo soy una joven moribunda con mala suerte y una vida aburrida. Ninguna de las dos es nada especial.

Bajo la vista hacia la punta metálica del huso, un poco bizca. Pienso en la chica de la ilustración de Rackham, sin motivo alguno, rubia y trágica. Pienso en cómo tiene que haberse sentido por crecer a la sombra de una maldición, lo mucho que tiene que haber odiado la historia que le había tocado vivir. Y en cómo ese odio no importó en absoluto porque al final extendió el dedo hacia el huso, incapaz de detener los crueles engranajes de la historia que estaba escrita para ella…

Oigo que Charm dice, a lo lejos:

—Dios, Zin.

Soy consciente de que estoy presionando el dedo contra la punta del huso, enterrándola en la carne blanda de debajo de mi piel. Bajo la vista y solo veo una lágrima roja que empieza a acumularse en el extremo.

Y luego ocurre algo, al fin.

2

$\mathcal{L}$a habitación se desvanece a mi alrededor. El mundo se emborrona hacia un lado debajo de mis párpados hasta formar una infinidad de colores. Doy por hecho que estoy muerta.

Y es una apuesta en la que tengo todas las de ganar: la enfermedad generalizada de Roseville se caracteriza por muchos síntomas y efectos secundarios, pero el más llamativo es la muerte súbita. Tampoco quiero extenderme en tecnicismos, ya que Charm es la friki de ciencias, la que tiene una doble especialización en Química y en Biología y la que va de cabeza a conseguir un prestigioso periodo de prácticas en Pfizer, pero básicamente se podría decir que mis ribosomas son como bombas a punto de estallar. Se supone que sirven para doblar mis proteínas en ingeniosas formas de *origami*, que es lo que habían estado haciendo, pero un día decidieron volverse locos y empezar a expulsar basura. Mis órganos empezarían a llenarse de proteínas mutantes, bandadas asesinas de grullas de papel deformadas, y yo me ahogaría en mi aciago destino biológico.

Y supongo que ese día ha llegado. Me da la impresión de que el universo tiene un sentido del humor muy retorcido, ya que acaba de matarme en la torre más alta de la zona y justo cuando me pinché el dedo con una rueca. Me pregunto si tendré buen aspecto, ahí despatarrada, inerte y sin vida entre las rosas. Me pregunto si eso será lo último que me pregunte.

Pero no noto que todo se oscurezca a mi alrededor. El mundo no ha dejado de pasar a toda velocidad junto a mí, colores y sonidos y luces que se agitan como páginas de un libro. Al principio, doy por hecho que la sensación que experimento es lo que suele definirse como «la vida pasa frente a tus ojos», pero el asunto me resulta más largo y más extraño que los veintiún años que he vivido.

Y los rostros que veo no son el mío. Pertenecen a miles de jóvenes que extienden la mano hacia otros miles de ruecas, husos o astillas. ¿Serán otras bellas durmientes de otros cuentos? Me gustaría detenerlas, gritarles alguna advertencia: «¡No lo hagáis, palurdas!».

Una de ellas parece oírme. Alza la vista con unos ojos que son de un tono cerúleo imposible, con el rostro enmarcado en unos bucles de lo que parece oro y con el dedo flotando un centímetro por encima del extremo del huso. Sus labios forman una única palabra: «Ayuda».

El mundo deja de estar emborronado.

Sigo de pie. Y también un poco borracha. Aún noto un latido en el dedo, que todavía se apoya contra algo afilado. Pero todo lo demás es diferente: la rueca que tengo frente a mí está brillante y perfecta, como si todavía se usase, la bobina está cubierta por hilo de lino y el huso reluce con malicia. La madera contrachapada manchada de humedades que cubría el suelo ha dado paso a unos adoquines lisos; y las ventanas desvencijadas, a unas hendiduras estrechas sin cristales. Una brisa fría se cuela por ellas y transporta un olor a magia y a medianoche.

Alzo la vista, entre titubeos, y vuelvo a toparme con esos ojos maravillosos. Pertenecen a una joven tan atractiva que ha roto la escala de guapura y consigue ser irritante. Nadie que no aparezca en una revista de moda puede tener una piel tan tersa y los labios del color de los pétalos de rosa de verdad. Nadie que no haya salido de una feria medieval lleva un traje plisado, cinturón medieval y mangas de esas que terminas arrastrando por el suelo.

—¡Ah! —dice, y hasta su puta voz parece sacada de un musical—. ¿De dónde habéis salido?

Me gustaría asegurarle que nada de esto es real. Que ella y su torre son alucinaciones provocadas por los últimos y desesperados errores de mis sinapsis. Que su uso del voseo es, cuando menos, anacrónico.

Pero lo único que consigo pronunciar es un sibilante:

—¡Hostia puta!

Antes de que todo quede envuelto en la negrura.

❀ ❀ ❀

Me despierto en una cama. No en la mía, la mía es un colchón doble con sábanas de Disney descoloridas, las mismas que tenía de pequeña y que no veo motivo para cambiar. Esta cama es extravagante, rematada por un dosel y cubierta por seda blanca y una colcha de plumones muy suave. Es el tipo de cama que solo existe en los romances de época y en los cuentos de hadas, porque las camas medievales de verdad eran mucho más apestosas y llenas de bultos. Me encontraba en una cama en la que una princesa bien podría haber dormido muy cómoda durante cien años.

Aparto el dosel con un dedo y veo una habitación que hace juego con la cama: piedra negra y alfombras muy llamativas, tapices y cofres tallados en madera de roble. Parpadeo durante varios segundos a causa de la luz intensa de la mañana. Sospecho que pronto empezará a sonar el canto de un pájaro en el alféizar que no tardará en dar paso a un coro alegre, antes de que yo vuelva a hundirme con serenidad entre las almohadas.

Me encuentro en ese punto de la típica aventura fantástica en el que la heroína se pellizcaría con fuerza para determinar si está soñando o no. Pero oigo el latir trabajoso de mi corazón en los oídos y siento esa ligera sequedad resacosa en mis ojos. Sé que no estoy dormida. No estoy alucinando. A menos que el más allá sea mucho más extravagante de lo que han planteado hasta ahora las religiones más importantes, no estoy muerta. Lo que significa que…

No consigo siquiera terminar el pensa-

19

miento. Siento una emoción descontrolada que me sube por la espina dorsal y una avalancha indescriptible de algo debajo de mi caja torácica.

El teléfono me zumba en el bolsillo del vaquero. Lo saco y veo que tengo unos ochocientos mensajes de Charm. La mayoría son variaciones de «pro q kño? pero q coño PERO QUÉ COÑO dnd estás», mezclados con amenazas a mi persona (Si esto es una especie de chiste de mal gusto, te juro por dios que te mataré antes que la EGR) y también súplica (Oye tus padres han empezado a llamar no sé q les voy a decir así q si estás viva RESPONDE YA, ZORRA).

Empiezo a escribir para disculparme y luego paro para preguntarme cuál sería la tarifa de datos entre Ohio y donde narices esté ahora, y cómo es que tengo cobertura, antes de que la histeria descontrolada se apodere de mí. Escribo: Lo siento, guapa. Estoy en el multiverso arácnido, pero con cuentos de hadas.

Cuando le doy a enviar vuelvo a sentir esa inquietud nada habitual en el pecho, y resulta que tiene nombre, al fin y al cabo. Joder. Sí, es normal que pienses que después de pasar veintiún años con una sentencia de muerte no quedaría en mi interior ni el más mínimo atisbo de esperanza, pero aquí estoy, tumbada en una cama que no me pertenece y embargada por la esperanza ingenua y desesperada de que mi historia esté a punto de cambiar.

El teléfono me zumba en la palma: Te parece gracioso?

Seguido por: Pensé que estabas muerta o que te habían secuestrado!!! Qué NARICES te pasa Zin???

Empiezo a escribir una explicación más larga, pero justo en ese momento una joven imposible con un peinado imposible descorre el dosel y canturrea:

—¡Ah, estáis despierta! ¡Santo cielo!

La miro con ojos entrecerrados: una princesa esbelta de pelo dorado recortada contra la luz del amanecer, con mejillas sonrosadas y ojos brillantes. Levanto el teléfono despacio, le saco una foto y se la envío a Charm con el mensaje: No estoy de coña.

—¿Estáis bien? —repite la princesa, con voz seria—. ¿Queréis que llame a un sanador?

No le presto atención y decido mirar la burbuja que indica que Charm está escribiendo, que aparece y desaparece varias veces. Llegados a este punto, merece la pena mencionar que Charm es profunda y terriblemente gay, y que padece un complejo de heroína bastante acusado. Se podría decir que las princesas esbeltas de cinturas estrechas y clavículas marcadas son como su kriptonita.

La burbuja vuelve a aparecer.

Esa qien es?

*quién.

Alzo la vista y sonrío a la princesa, que ahora luce dos líneas pequeñas que le arrugan el ceño perfecto.

—¿Cómo te llamas? —pregunto.

Alza un poco el mentón.

—Soy la princesa Prímula de Perceforest. ¿Cómo os llamáis vos?

Detecto un atisbo de arrogancia en ese «vos», como si se estuviese reprimiendo para no usar la palabra «plebeya» al final de la frase.

—Me llamo Zinnia Gray de… Ohio.

21

Vuelvo a mirar el teléfono.

Al parecer es la puñetera princesa Prímula —escribo—. Pero de dónde has sacado la rueca esa, tía??

De La esquina de Pam.

La tienda de Pam es el mercadillo más cercano a nuestro antiguo instituto, y el lugar más improbable donde encontrar un objeto maldito o encantado. La mayoría de las cosas que hay por ahí son aspiradoras usadas y muñecos Beanie Baby sobre pilas mohosas de revistas *National Geographic*.

—Dama Zinnia. —La voz de la princesa suena mucho menos musical cuando está molesta—. Me gustaría que me prestarais atención un momento. Me encantaría saber cómo es que aparecisteis en la torre conmigo anoche.

Guardo el teléfono en el bolsillo de la sudadera con capucha y me incorporo en la cama con las piernas cruzadas.

—¿Hay café en este universo? ¿No? Vale, siéntate. —A juzgar por la expresión de la princesa Prímula, sospecho que no está acostumbrada a que viajeras interdimensionales enfermas y con el pelo corto, ataviadas con vaqueros sucios la inviten a sentarse en su propia cama—. Por favor —añado.

Prímula se coloca a los pies de la cama, con pose dolorosamente erguida.

—¿Qué tal si empezamos contigo? ¿Qué es lo que estabas haciendo en esa torre? Estoy segura de que lo sé en un setenta y cinco por ciento… No, en un ochenta por ciento.

Prímula suelta un suspiro muy comedido y, por primera vez, veo un atisbo de algo real debajo de la perfección de muñeca de porcelana de su rostro.

—No… No lo sé. Ayer fue mi vigésimo primer cumpleaños. —Claro que lo había sido—. Y me fui a dormir muy tarde. Tuve sueños muy raros y perturbadores, con luces verdes que sabían mi nombre… ¡y luego desperté en una habitación que no había visto nunca! Lejos de mi cama, y con el brazo extendido hacia ese objeto tan extraño.

—¿Te refieres a la rueca?

El rostro pálido se le vuelve un tanto más pálido y ese atisbo de algo real de su mirada se acerca un poco más a la superficie: un terror solitario y desesperado.

—Supongo que sí —dice—. Nunca había visto una hasta anoche.

—Porque seguro que tu padre ordenó que las destruyesen todas.

La típica trama de Perrault, repetida por los Grimm cien años después y canonizada por Disney en los años cincuenta.

23

Prímula se me queda mirando durante un rato y luego asiente.

—Mi madre dice que se pasó meses cabalgando a campo abierto, encendiendo hogueras en todas las aldeas. Intentaba salvarme.

Oigo el tono pesaroso que desprende su voz, el agotamiento que provoca saberse insalvable. Papá se pasaba horas al teléfono hablando con especialistas, laboratorios experimentales y compañías de seguros tacañas, hipotecando la casa en su búsqueda de una cura que no existía, intentando salvarme con tanto ahínco que había estado a punto de perderme. Solo paró cuando se lo supliqué.

—Espera un momento.

Saco de nuevo el teléfono y empiezo a escribirle un mensaje a mi padre. Me lo pienso mejor y empiezo a hacer lo propio con Charm: Puedes decirle a mamá y a papá que no estoy muerta, porfa?

Ya lo he hecho, responde ella. Porque es la mejor y nunca lo digo tanto como debería.

—Vale. Continúa.

La princesa parece prepararse para un discurso grandioso.

—Veréis, estoy maldita. Invitaron a doce hadas a mi bautismo, pero llegó una decimotercera. ¡Sin invitación! —Creo que nunca he oído a hablar a alguien con tantos signos de exclamación implícitos. Es agotador—. Era una criatura malvada que me condenó con una maldición…

—Sí. Pincharte el dedo con una rueca el día de tu vigésimo primer cumpleaños y, a continuación, morir. ¿He acertado?

Prímula se relaja un poco.

—Un sueño mágico.

—Qué suerte.

—¿Consideráis tener suerte que os maldigan con dormir durante un siglo?…

—Sí, eso mismo. —Lo digo con más brusquedad de la que pretendo. Trago saliva con grandes esfuerzos—. Lo siento. Mira. Yo también estoy maldita. Anoche fue mi vigésimo primer cumpleaños. Estaba en mi mundo, a lo mío. Me pinché el dedo en una rueca, se suponía que iba a ser una broma, y de repente aparecí aquí, en un castillo de verdad con una princesa de verdad. Y también con un mobiliario anacrónico.

Las arrugas vuelven a aparecer en la frente de Prímula.

—¿A vos también os maldijo el hada malvada?

Me planteo explicarle que en mi mundo no existen las maldiciones, ni las hadas. Que lo que selló mi destino fueron unas regulaciones medioambientales laxas, unos ejecutivos de empresas energéticas desalmados y la más pura mala suerte.

—Claro, sí —digo, en vez de eso—. Pero yo voy a morir, nada de quedarme durmiendo. Y nadie puede hacer nada para salvarme.

La esperanza se agita de nuevo en mi pecho. Me encuentro en un lugar mágico lleno de milagros, no de ribosomas ni proteínas. ¿Quién sabe lo que es posible y lo que no?

—Lo siento —dice la princesa, y me doy cuenta de que lo dice en serio.

La mayoría de las personas no saben qué hacer cuando les digo que me estoy muriendo. Se estremecen o apartan la mirada o dan un paso atrás, como si la mala suerte fuese contagiosa. O se ponen sensibleras y te agarran las manos para decirte lo valiente que eres. Prímula se limita a mirarme, sin flaquear y con gesto afligido, como si supiese muy bien lo mierdosa que es una situación así y no me admirase ni se compadeciese de mí.

Empiezo a notar que los mocos se me acumulan en la garganta y toso para contenerlos.

—No pasa nada. No te preocupes.

Sé que sabe que es mentira, porque ella ha pasado casi veintiún años diciéndose lo mismo, pero no me lo discute.

—Bueno. Gracias. Da igual como hayáis llegado aquí, la verdad es que nunca había conocido a nadie… —Me da la impresión de que está a punto de decir «maldito», pero dice—: como yo.

25

Me dedica una mirada furtiva y ansiosa que me hace sospechar que la vida de una princesa maldita es mucho más solitaria que la de una joven moribunda.

Prímula carraspea.

—Y gracias también por salvarme de la maldición. Por el momento, al menos. —Mira en dirección a la puerta de su dormitorio, con unos ojos que relucen con un verde inquietante—. Aún siento cómo me llama. No he dormido en toda la noche por miedo a despertarme en la habitación de esa torre con el brazo extendido hacia la rueca. A lo mejor…, si la rompo… Estoy segura de que mi padre la quemaría si lo supiese…

—¡No! —El miedo hace que mi voz suene demasiado alta—. No lo hagas, por favor, quería decir. Estoy muy segura de que es la única manera que tengo para salir de aquí. Tiene que ser un portal o algo así. Es posible que esté conectada de alguna manera con la que está en mi mundo.

Una vocecilla taimada me susurra:

«¿Estás segura de que quieres volver a casa?».

Decido no prestarle atención.

Prímula titubea.

—Pero ¿y si os sume en un sueño mágico, como haría conmigo?

—Pues a lo mejor. No conozco las reglas, qué quieres que te diga. —Me paso los dedos por la maraña grasienta en que se ha convertido mi pelo—. No me des por muerta tan pronto. Dame un momento para pensar.

Prímula abre la boca para responder, pero alguien llama a la puerta con suavidad. Una voz grita:

—Majestad. Vuestro padre requiere vuestra presencia en el salón del trono.

Veo el agitar de su cuello pálido cuando la princesa traga saliva.

—Claro. Dadme un momento. —Se gira hacia mí—. Tengo que irme. Escondeos hasta que vuelva.

Es una orden, y la dice con tanta naturalidad que parece incapaz de imaginarse que alguien pueda desobedecerla.

Le hago una reverencia mientras ella sale de la habitación.

Empiezo a revisar los diez o quince mensajes de Charm que no he podido leer: Pero estás bien? Hay farmacias en el país de las hadas ese??, y respondo: Solo me queda un treinta y cinco por ciento de batería. Voy a apagar esto y lo dejo para emergencias. Bss.

Pero ESTO es una emergencia. Pq no estás asustada? Pq no intentas volver???

Empiezo a escribir «porque», pero soy incapaz de terminar el mensaje. Porque no quiero, al menos por el momento. Porque he escapado de mi cuento para caer en uno que tal vez tenga un final feliz. Porque esta es mi última oportunidad de vivir una aventura de verdad, de escapar, de hacer algo que no sea ver cómo se me acaba el tiempo.

Al final, me limito a escribir: Volveré, te lo prometo, antes de apagar el teléfono. Después salgo como puedo de la estupendísima cama de Prímula, le cojo un vestido del armario y salgo por la puerta detrás de ella.

3

Cuando tenía once años, usé mi deseo de la fundación Make-a-Wish para pasar una noche en el castillo Disney y vivir una experiencia digna de una princesa. Fue toda una decepción. Creo que ya era demasiado tarde: once años son ya suficientes para verle las costuras a las cosas, para notar la lástima que había detrás de las sonrisas de los trabajadores. Era como intentar jugar con las Barbies un año después de que te hubiese dejado de gustar hacerlo, recordando a la perfección cómo te sentías, pero siendo incapaz de sentirlo de nuevo.

El castillo de Prímula es cien veces mejor. Noto la piedra suave y fría debajo de las zapatillas, y los soportes de las antorchas huelen a aceite y a carbonilla. El vestido no es de poliéster y plástico, sino que siento cómo me cuelga pesado de los hombros, kilos de seda bermellón y de hilos dorados. Intento caminar como Prímula, un delicado deslizar que insinúa que toco el suelo con los pies solo por casualidad.

Paso junto a una pareja de mujeres que me dan la impresión de ser sirvientas de verdad, y ellas hacen una pausa para mirarme con la boca un tanto abierta. Puede que sea por mi corte de pelo o por mi calzado, o por el hecho de que no hubo manera de atarme bien los cordeles de la parte trasera del vestido y lo llevo abierto como esas batas de papel que dan en los hospitales. Seguro que están acostumbradas a una nobleza endogámica con costumbres estrafalarias en lo relativo a la vestimenta.

Las saludo con entusiasmo y tardan un tiempo en dedicarme unas reverencias:

—¿Por dónde se va al salón del trono?

Una de las criadas señala hacia el fondo del pasillo sin decir nada. Le dedico el asentimiento más regio del que soy capaz, lo que provoca que una de ellas se ría entre dientes y la otra le dé un codazo.

El salón del trono es justo lo que una podría esperar: una estancia alargada de techo abovedado y ventanales altos. Hay caballeros de verdad apostados en las paredes, rodeando a un pequeño grupo de personas que parecen extras de *Destino de caballero* que se han perdido, todos ellos con mangas abullonadas y vestidos de cola muy larga. Una alfombra de un color rojo como el rubí divide el lugar por la mitad y apunta directa hacia un hombre y una mujer sentados en sendas sillas doradas.

Prímula no se parece en nada a sus padres. Supongo que cuando doce hadas te bendicen para estar tan buena, pierdes la mayoría de los rasgos familiares. La reina tiene un pelo castaño normal, una nariz demasiado larga y un gesto de cansancio permanente. El rey es rechoncho, calvo y con aspecto de alcohólico. Junto a ellos, Prímula parece uno de esos ángeles renacentistas que descienden entre los mortales y hasta parece brillar un poco. Me toco el mentón pequeño y demasiado afilado que heredé de mi madre, y, por primera vez en toda mi vida, casi diría que me gusta.

Prímula me sigue con la mirada cuando me ve moverme. Abre los ojos un poco más, y yo me limito a encogerme de hombros con alborozo.

Antes de que le dé tiempo a echarme o a morir de vergüenza, el rey golpea uno de los reposabrazos del trono con uno de los anillos que lleva en las manos. La corte se queda en silencio.

—¡Me complace anunciar que la maldición que había recaído sobre nuestra hermosa princesa ha fracasado! ¡Tiene veintiún años y aún no se ha visto afectada por esa retorcida promesa! —Tiene un acento británico que se parece a esos que usan en las películas medievales. No obstan-

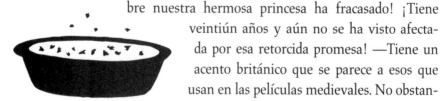

te, la voz retumba tal y como debería retumbar la de un rey. Retoma su discurso cuando cesan los aplausos y la algarabía—: ¡Y me complace más aún anunciar que mi hija está comprometida! —Supongo que lo de hablar con signos de exclamación también se hereda—. ¡Prometida nada más y nada menos que con el príncipe Harold de Glennwald!

Es justo en ese momento cuando veo a la persona que hay junto a los tronos: un hombre de veintitantos años que va ataviado con una túnica y tiene en el rostro una expresión de petulancia criminal. Es guapo, guapo de esa manera genérica tipo Capitán América que a mí me importa más bien poco y, a juzgar por la cara que le veo poner a Prímula, tengo claro que no soy la única que piensa así. Ella sonríe, pero hay una falsedad en su gesto que me recuerda a la de las actrices de Disneylandia que vi cuando tenía once años.

La sonrisa me perturba, como un pequeño estallido de estática o un mal paso en unas escaleras. Conozco muy bien esta historia: después de que se haya roto la maldición, el príncipe azul se casa con la princesa, viven felices y comen perdices. Fin. Pero esta versión se ha trastocado en cierta manera, como si fuese un barco que ha empezado a escorarse. Se podría decir que la maldición no está rota del todo, ya que el príncipe de azul tiene poco y en los ojos de la princesa no veo nada de «vivir felices y comer perdices».

El rey lleva un rato soltando una perorata sobre lo que espera de la bienaventurada unión de su hija y de las muchas virtudes del príncipe Harold.

—Es todo un hijo para nosotros, que se ha enfrentado a la maldición durante años y que incluso llegó a seguir al hada hasta su guarida, aunque escapó antes de que él le hiciera algo. —Miro a Harold con ojos entrecerrados, todo mandíbula cincelada y pecho henchido de orgullo; seguro que hasta una Maléfica de baratillo podría con él si se lo encontrase—. Dicho esto, no podemos retrasar más el matrimonio. ¡La princesa Prímula y su prometido pronunciarán sus votos matrimoniales dentro de tres días!

Se produce un último estallido de aplausos mientras Prímula y Harold se colocan delante de los tronos y se cogen de la mano. La mano de Prímula parece lánguida y deshuesada, como un animal pequeño y desollado.

Una vez ha terminado, espío desde la parte de atrás de la multitud mientras sonrío, asiento y los que me rodean no dejan de mirarme raro. Después, una voz susurra:

—¿Qué creéis que estáis haciendo?

Me giro para mirar a Prímula y le dedico la más absurda de las reverencias.

—¿Qué ocurre, majestad? ¿Acaso no puedo celebrar vuestro compromiso?

Dios, ahora yo también he puesto ese absurdo acento británico.

Ella no parece ni oírme, y tiene el gesto aún torcido en esa falsa sonrisa de muñeca, con ojos abiertos y mirada atormentada.

—Vuestro pelo. Vuestro calzado… Tenéis aspecto de loca. Como alguien os vea así… ¡La corte de mi padre no lleva nada bien los acontecimientos insólitos!

Me agarra el bíceps con la mano y me lleva a un pasillo lateral.

—Volved a mis aposentos y esperadme allí. —Me cruzo de brazos y le dedico mi mejor mirada de «oblígame, si te atreves». Pero ella añade—: Por favor. —Y me mira con esos ojos enormes que tiene—. Os lo suplico.

Soy un setenta y cinco por ciento hetero, pero tiene las pestañas muy grandes y muy doradas. Tampoco soy de piedra. Asiento. Ella cierra los ojos, como si hiciese acopio de su fuerza interior para volver a toda prisa al salón del trono con una sonrisa radiante como el reflejo del sol en un escudo.

Me pierdo dos o tres veces mientras vuelvo a subir y, por el camino, asusto a una pareja de caballeros en actitud muy amorosa que encuentro dentro de un trastero. También asusto a un cocinero. Después de subir unos novecientos escalones empiezo a notar los latidos desbocados de mi corazón en los oídos y siento cómo los pulmones me presionan las costillas. Recuerdo las pastillas que tenía que tomarme por la mañana en Ohio y las últimas radiografías que me había hecho, donde habían descubierto que tenía congestión pulmonar y que el tamaño de las cámaras de mi corazón había empezado a reducirse. No se las había enseñado a Charm.

La habitación de Prímula es cálida, soleada y silenciosa. Me quito el traje de color bermellón y me acurruco junto a la ventana con mi sudadera con capucha y los calcetines mientras contemplo la campiña del exterior, como una de esas chicas de los carteles de Alphonse Mucha. Me pongo a pensar en maldiciones, hadas y cuentos que no terminan del todo bien; en que tal vez lo mejor sea buscar esa rueca mágica, pincharme el dedo y abandonar de una vez por todas esa alucinación medieval.

Pero decido esperar. Disfruto del lento discurrir de las sombras y del baileto perezoso de las motas de polvo a mi alrededor. Prímula regresa cuando el sol empieza a achatarse y crecer en el horizonte, cada vez más rojo.

Sigue estando despampanante, pero me da la impresión de que empiezo a acostumbrarme, ya que consigo ver lo que hay

33

detrás de tanta belleza. Veo el gesto cansado de sus labios y la curva aciaga de su espalda. Deja una bandeja de plata hasta arriba de comida en el asiento que hay junto a mí y se derrumba en la cama. Desaparece detrás del dosel con un suspiro histriónico.

Le doy tres mordiscos enormes a un pastel que reconozco por haberlo visto en *El gran pastelero británico.*

—Bueno. —Trago otro bocado—. Harold parece simpático.

—Sí.

La voz suena ahogada, como si tuviese la cara hundida en una almohada.

—Y guapo, si te gustan esos mentones con hoyuelos.

—Bastante guapo.

—Pero no he podido evitar percatarme de que hay cierta reticencia por tu parte.

Un ligero suspiro desde detrás del dosel.

—Es que… Da igual. Todo va bien.

Es mentira, pero lo dejo pasar porque ella también me lo permitió a mí, y a veces las mentiras son como botes salvavidas.

Se oye el rumor de las sábanas cuando Prímula se pone bocarriba.

—En realidad da igual. Nadie entiende que la maldición… sigue a la espera. La oigo. Terminaré por dormirme, y me temo que la única manera de volver a despertar será cuando vuelva a pincharme el dedo con el extremo del huso.

Hago todo lo posible por no poner los ojos en blanco ante tanto drama innecesario.

—Vale. Mira, podrías dejarme volver a Ohio y luego prenderle fuego a esa rueca, o lo que quieras hacer con ella. Y listo. Se acabó la maldición.

Prímula se incorpora despacio, aparta el dosel y me mira a los ojos.

—La busqué después de la cena —dice en voz baja—. No sé dónde están la rueca ni esa habitación ni la torre. Han desaparecido.

Pienso:

«Joder. Mierda».

Y digo:

—Joder. Mierda. —La princesa no se estremece al oírme, lo que indica o bien que en ese falso país de las hadas medieval no tienen insultos, o bien que Prímula no es tan formal como aparenta—. Bueno, al menos tienes a Harold. Si te ves sumida en ese sueño mágico, nueve de cada diez médicos recomiendan un beso de amor verdadero…

—Harold no es mi amor verdadero. Os lo puedo asegurar. —Tiene los labios finos y pálidos, torcidos en una mueca de asco—. No creo… No creo que tenga escapatoria.

—Sí, claro que la hay. Tiene que haberla.

Por algún motivo, me pongo en pie, con los puños cerrados en un gesto inútil. Me recuerdo que ese no es mi problema; no es mi historia, ni es un asunto de mi incumbencia. También que tendría que estar sentada en casa con mis padres durante el tiempo que me quede, sea el que sea, como les prometí que haría, en lugar de andar de paseo por el multiverso sin tomarme la medicación.

—Mira. Ambas tendríamos que haber muerto, o tendrían que habernos maldecido o lo que fuese, ayer por la noche. En nuestro vigésimo primer cumpleaños. Pero algo fue muy mal. Nuestras historias se han cruzado. —Vuelvo a imaginarme el barco escorado, y tal vez un tren que se ha salido de las vías para salir despedido hacia lo desconocido—. Algo me dice que tenemos la oportunidad de cambiar nuestro futuro. De hacer algo.

No he querido «hacer algo» desde que tenía dieciséis años, cuando metí ropa en una mochila para escaparme de casa.

La princesa suelta un largo suspiro de derrota, pero veo un ingenuo destello de esperanza en su mirada.

—¿Hacer algo como qué?

—Como… —La idea aparece en mi mente formada del todo, pertrechada para la guerra como Atenea, y también intensamente estúpida. Me encanta—. Como intentar solucionarlo por nuestra cuenta. —Siento cómo una sonrisilla insana tira de las comisuras de mis labios—. ¿Dónde dices que está esa hada malvada?

4

---

*L*o malo de las malas ideas es que son contagiosas. Veo cómo la que le acabo de contar infecta a la princesa, cómo su expresión transita del desconcierto al pavor y concluye en una estática fascinación.

—Su guarida se encuentra más allá del Páramo Prohibido —responde, despacio—. En la cima del monte Vordred.

—Vale. Suena apropiado. ¿Cuánto tardaríamos en llegar? En caballo o como sea.

—El príncipe Harold tardó tres días de trote ligero a caballo.

Su respuesta da lugar a una serie de cálculos complejos del número de pastillas que me habré saltado para entonces y de la acumulación preexistente de proteínas, todo ello incrementado por el esfuerzo físico y dividido por el número de días que me quedan. De ser una máquina, tendría todas las luces de emergencia encendidas. No les hago ni caso.

—Vamos a necesitar suministros, comida y cosas de esas. ¿Tienes ropa más… abrigada?

Prímula me mira como si fuese un accidente de coche espeluznante o una petición de mano con público, como si fuese algo repugnante pero hipnotizante al mismo tiempo.

—No servirá de nada.

Yo ya me he puesto a rebuscar en su armario para encontrar algo que no tenga volantes, encajes, tablas, lazos, satén, cintas o perlas, pero no encuentro nada.

Deseo por unos breves instantes haberme teletransportado a una historia diferente, uno de esos *retellings* de cuentos de hadas empoderadas de los años noventa, protagonizados por una princesa rebelde que lleva pantalones y odia coser. (Sé que dichas historias promovían una visión muy reduccionista de la capacidad de acción de las mujeres, que favorecía una manera de ver el poder desde una perspectiva demasiado masculina, pero también es justo reconocer que las tías con espadas lo molan todo.)

Prímula no ceja en su empeño:

—Es poderosa y cruel, y también muy anciana. ¡Algunos dicen que ha vivido siete vidas mortales! —Intento que no se me acelere el pulso ni me tiemblen las manos, recordarme que la esperanza es para los imbéciles—. Ha evitado a los soldados de mi padre durante veintiún años. Hasta consiguió que el príncipe Harold...

—La verdad es que no creo que Harold sea el mejor ni el más listo de Perceforest.

—¡Pero nosotras tampoco lo somos!

Me doy la vuelta para mirarla, ahí con esas mangas llenas de volantes de satén.

—Y entonces, ¿me puedes decir qué piensas hacer? ¿Quedarte aquí y esperar a que la maldición acabe contigo, como has hecho durante los primeros veintiún años de tu vida? ¿Cerrar los ojos, irte a dormir y dejar que el mundo siga ahí, ajeno a ti?

Mi voz es poco más que un susurro iracundo, pero no sé con quién de nosotras dos estoy más enfadada.

El rostro de Prímula se ha tornado de un color verde y ceroso, y tiene los labios blancos de tanto apretarlos. Me acerco a ella.

—En mi mundo, no puedo hacer absolutamente nada para salvarme. No hay ninguna maldición que romper ni ningún hada que derrotar. Pero aquí es diferente. Aquí puedes hacer algo que no sea quedarte esperando sin hacer nada. —Le doy un repaso a mi colección de citas inspiradoras y encuentro una de Dylan Thomas que había oído en *Interestelar*—: No entres dócilmente en esa buena noche, princesa. Te lo suplico.

También debe de ser susceptible a las súplicas, porque se me queda mirando durante otro instante silencioso antes de inclinar la cabeza unos milímetros:

—De acuerdo.

Doy una palmada.

—Perfecto. No tendrás una espada mágica o algo así, ¿no? ¿Un amuleto encantado? ¿Un escudo imbuido con poderes especiales?

Lo digo medio de broma, pero Prímula retuerce las manos y se frota las esbeltas muñecas con los pulgares.

—Bueno. —Se arrodilla y mete la mano debajo del colchón, de donde saca algo que reluce con intensidad a la luz rojiza del atardecer—. Tengo esto.

Es una daga larga y estrecha, afilada como el cristal y negra como el pecado. Parece fuera de lugar entre las almohadas de plumas y los vestidos de gala del mundo de Prímula, como si hubiese salido de un cuento mucho más oscuro.

—¿De dónde has sacado eso?

Prímula sostiene la daga sobre ambas palmas.

—Un mago viajero me la vendió cuando tenía dieciséis años. Me juró que un solo corte con ella bastaba para acabar con una vida.

Lo dice con naturalidad y sin emoción alguna en la voz, pero vuelve a tener la mirada perdida y ese rostro ceroso. Me quita de un plumazo las ganas de bromear. Me pregunto de repente por qué la princesa dormiría con un arma blanca envenenada debajo de la cama, y por qué se molestaría en comprarla siquiera.

Me imagino con dieciséis años, una joven con cuerpo de espantapájaros lleno de hormonas y de anhelos en lugar de paja, tan cansada de estar muriéndose que haría

39

cualquier cosa por vivir. En esos días llevaba a cabo otro tipo de cálculos, como mirar el horario del bus de Greyhound para saber de cuántas horas dispondría antes de que mis padres denunciasen mi desaparición y multiplicar el número de comprimidos que había acaparado por la cantidad de días que tenía pensado escaparme de casa. Calculé que conseguiría llegar hasta Chicago antes de que la policía empezase a buscarme, y desde allí podría ir... a cualquier parte. Hacer cualquier cosa. Robarle al tiempo unos meses o incluso unos años para dedicarlos solo a mí, en lugar de regalárselos a mis padres y a sus corazones destrozados.

El problema fue que se lo conté a Charm, y ella se lo contó a mi padre de inmediato. Y fue a mi habitación y se puso hecho un... La verdad es que intento no recordarlo. En su rostro se reflejaba una instantánea de mi muerte, un vídeo a cámara rápida de la devastación en la que iba a sumirme. Esa noche hicimos un trato: si le prometía no fugarme, él cejaría en su empeño de protegerme con tanto ímpetu.

Una semana después hice el examen de acceso a la universidad y dejé el instituto con la bendición de mis padres. Ese otoño, papá me pagó la matrícula y entré en la Universidad de Ohio. Me encantaba. La comida era horrible y mi compañera de piso era una pesada que se pasaba el día tratando de venderme aceites esenciales, pero fue la primera ocasión en que me sentí como una adulta de verdad. Como alguien capaz de decidir lo que le deparaba el destino, alguien libre que no pertenecía a otra persona.

Era una sensación que había desaparecido de manera paulatina cuando regresé al agujero con forma de adolescente que era la casa de mis padres. ¿Qué habría sido de mí de no haber intentado esa fuga infructuosa? ¿Y si me hubiese quedado allí atrapada sin futuro y sin amigos, como Prímula? Quizá mi siguiente tentativa de fuga habría sido más aciaga y definitiva.

Cojo la daga de Prímula con muchísimo cuidado.

—Qué... útil. Yo la llevo, ¿vale? —La envuelvo en la falda de apariencia menos cara que encuentro—. ¿Por dónde están los establos?

—¿Qué? ¿Queréis hacerlo ahora? ¿Esta noche?

Al parecer, Prímula no conocía la primera regla de las chicas moribundas: «Hay que darse prisa».

—Sí, tonta. ¿Cuánto tiempo crees que puedes aguantar sin dormir?

❈ ❈ ❈   41

A lo largo de la hora siguiente me quedan claras varias cosas.

Primero, que Prímula no está tan desamparada ni es tan damisela en apuros como pensaba. En lugar de ir a hurtadillas por el castillo y hacernos con un par de caballos a la luz de la luna, se limita a informar a los mozos de que sus doncellas y ella van a cabalgar durante el amanecer por la campiña y necesita dos caballos ensillados y preparados con un tentempié para seis personas, por favor y gracias.

—Así no me echarán de menos durante unas horas —dice, con calma.

Segundo, que se podría decir que «técnicamente» no sé montar a «caballo», por citar a una princesa que se muestra muy sorprendida, de manera innecesaria, al enterarse.

—Pero, entonces, ¿cómo viajáis en vuestro mundo?

Me planteo explicarle cómo funcionan los motores de combustión interna y qué son las autopistas estatales y si le gustaría intentar probar con una palanca de cambios defectuosa. Pero me limito a encogerme de hombros.

Tercero, que una no puede aprender a montar a caballo en cinco minutos; al menos, no lo bastante bien como para recorrer el Páramo Prohibido a medianoche.

Acabo detrás de la princesa sobre una pila de mantas dobladas, aferrándome a la desesperada a su capa de viaje y pensando que Charm daría un año de su vida por acurrucarse detrás de Prímula mientras galopan de noche en dirección a una temeraria misión de rescate que nadie ha planificado demasiado bien.

Hasta yo admito que mola mucho. El aire está limpio y frío, y las estrellas giran sobre nosotras como mensajes cifrados o jeroglíficos, historias escritas en un idioma que desconozco. Los árboles que hay a ambos lados del camino son oscuros y de ramas enmarañadas, propios de una ilustración de Arthur Rackham. Se extienden hacia nosotras con dedos retorcidos mientras las aves nocturnas trinan canciones extrañas. Me duelen los pulmones y se me duermen las piernas, y sé que a mi padre le daría un ataque si me viera en este momento. Pero no puede hacerlo y, al menos por esta noche, mi vida es mía, para echarla a perder, malgastarla o regalársela a otra persona, sin importar lo poco que quede de ella.

Esa noche nos detenemos en dos ocasiones. La primera, en una arboleda de pinos altos, de tonos argénteos y azulados gracias a la luz de la luna. Las pezuñas del caballo resuenan ahogadas por la hierba suave. No tengo muy claro si lo que hago es desmontar o dejarme caer por un lado, pero estoy a punto de aplastar el teléfono que tengo guardado en el bolsillo trasero del pantalón. La princesa hace un gesto grácil y amplio con el que, de alguna manera, termina de pie junto al caballo, y la capa cae poco a poco y con elegancia antes de cubrir los zapatos que lleva en los pies. Sus hombros forman una línea curva.

No suelo preocuparme por otras personas, con las únicas salvedades de Charm y mis padres, pero hasta yo me doy cuenta de que está agotada.

—Podríamos dormir por aquí, si quieres. —Le doy unas palmaditas a una montaña de pinocha que hay por ahí—. Es blandita y cómoda.

Prímula niega con la cabeza.

—Me gustaría alejarme más del castillo antes de dormir.

Sus ojos relucen verdes mientras echa la vista atrás, hacia el lugar por el que acabamos de venir.

Cabalgamos.

La siguiente parada tiene lugar debajo de un majuelo nudoso, donde no crece la hierba y abundan las raíces. En esta ocasión, Prímula desmonta un poco a mi manera, con las piernas agarrotadas y las manos torpes. La medio sujeto en brazos para ayudarla, y pienso por unos instantes en lo heroica que debo de parecer antes de dejarla en el suelo entre las raíces menos voluminosas. Ya se ha dormido cuando la cubro con más ropa y mantas.

Y me viene de perlas, porque así no comenta nada sobre mi inteligencia, ni mis aptitudes de supervivencia mientras le quito la silla de montar al caballo y la cuelgo de una rama baja por las riendas. El caballo de la princesa debe de ser muy paciente, porque se limita a dedicarme un largo y sufrido agitar de las orejas en lugar de darme coces hasta hacerme papilla.

Meto las manos en los bolsillos de la sudadera y me hago un ovillo contra el cuero caliente de la silla. Después alzo la vista a las estrellas entre el amasijo de ramas. No estoy nada segura de que me vaya a dormir.

Y, al parecer, me equivoco, porque me despierto de repente, con las piernas agarrotadas y húmeda por el rocío matutino. El cielo es de ese color negro profundo y reprobador de las cuatro de la mañana, y noto que alguien se mueve cerca.

Es Prímula, que está en pie y con la cabeza ligeramente ladeada en un gesto extraño, con los ojos abiertos como platos. Le brillan de manera enfermiza, como si reflejase algo nocivo.

—¿Princesa? —No parece oírme. Se interna un paso más hacia el bosque, luego otro, como si hubiese un cordel invisible que la arrastrase más y más en dirección a un laberinto—. ¡Prímula!

Me pongo en pie y me tambaleo hacia ella. La agarro por los hombros y la zarandeo con fuerza.

—¡Despierta, por dios!

Lo hace. Siento cómo esa extraña tensión se desvanece de su cuerpo, cómo los brazos se le relajan bajo mis manos. La suelto.

—¡Dama Zinnia! —Me mira, confusa y con ojos soñolientos, perfectamente azules de nuevo—. ¿Qué…? Oh, vaya.

Trago el sabor correoso del miedo.

—Sí.

Una cosa es leer sobre encantamientos oscuros y maldiciones de hadas y otra muy diferente es ver cómo se apropian de la voluntad de una mujer para hacer que se mueva como una marioneta de porcelana directa hacia su muerte. La pátina de Disneylandia que cubría este lugar empieza a desvanecerse, como pintura descascarillada bajo la que asoma un moho negro.

Me encojo de hombros con las manos bien metidas en los bolsillos de los vaqueros.

—Puedo hacer guardia si quieres dormir un poco más.

Prímula se muerde el labio inferior con unos dientes blanquísimos que relucen demasiado en la oscuridad. Asiente y vuelve a hacerse un ovillo entre las raíces de los majuelos, con los brazos bien ceñidos alrededor de su cuerpo y el pelo esparcido sobre la capa.

La miro en silencio hasta que el cuerpo se le desenrosca y relaja los dedos. Después me dedico a mirar entre los árboles con ojos entrecerrados, en busca de un atisbo de verde o del brillo de la punta del huso de una rueca, cada vez más asustada por el roce frío y regular del viento en mi cuello y los sonidos tenues de criaturas nocturnas que se escabullen por el bosque. Llego a la conclusión de que es un buen momento para echarle un ojo al teléfono.

Tengo muchos más mensajes de Charm, la mayoría amenazas hacia mi persona en caso de que no regrese. Varios de mi padre, con tono simpático y cada vez más escorados hacia la desesperación. Uno de la biblioteca pública de Roseville informándome de que les debo 15,75 dólares de multa y/o mi primogénito.

Hace unas horas, embarcarme en una pequeña aventura me había parecido una idea genial, enfrentarme a un hada, rescatar a una princesa (y puede que a mí misma, de alguna manera) y salir pitando a casa como Bilbo al regresar a la Comarca. Pero ahora, hecha un ovillo en la fría oscuridad con una princesa maldita y un dolor en el pecho sin duda provocado por el pavor o por una muerte lenta, me siento más bien como Frodo, cuya historia no estaba exenta de peligros y que nunca regresó a casa, al menos no durante mucho tiempo.

Le escribo a Charm:

Voy a enfrentarme a Maléfica y romper una maldición. Volveré a casa en 3 días.

Me responde tan rápido que siento una punzada de culpabilidad al suponer que se ha ido a dormir sin desactivar el sonido del móvil.

Cómo vas a volver a casa???

Con un traslador?

Los trasladores no existen, tonta. —Una pausa—. Y creía que habíamos acordado no volver a nombrar a jotaká ni su obra nunca más.

Me planteo preguntarle cómo explicaría los viajes interdimensionales entre historias ficticias que se solapan, pero sé que es muy probable que Charm ya tenga tres teorías muy sólidas al respecto que estaría encantada de compartir conmigo. Largo y tendido. Con diapositivas. Así pues, me limito a inclinarme para sacarle otra foto a Prímula. Es un ser de luz, aunque se la haga con mi cámara mediocre, salga borrosa y haya una iluminación terrible. El rostro le brilla blanco en la penumbra, una bella durmiente que parece sacada de un cuadro de Rembrandt.

Tarda un poco en responder.

No intentes distraerme con esa tía buena imaginaria amiga tuya. Repito: no existen los trasladores.

¿Eso quién lo dice?

La física lo dice.

A ver guapa —respondo, con paciencia—. Me he embarcado en una misión para encontrar y derrotar a un hada malvada. Estoy segura de que las leyes de la física no pintan nada aquí.

Las leyes de la física siempre pintan algo. Por eso se llaman leyes.

La burbuja que indica que está escribiendo aparece y desaparecer durante mucho rato.

Bueno, reviéntale su culo de hada, tía.

Casi oigo la voz ronca de Charm diciéndomelo, esa sinceridad repentina que nadie esperaría de una chica que lleva en el hombro un tatuaje gigante de un Superman de la Edad de Oro de los cómics. No hay razón para ponerse sensiblera, por lo que me despido con un **bss** y apago el teléfono antes de que la batería baje del veinte por ciento.

Después me siento con los brazos alrededor de las espinillas y la mejilla apoyada en las rodillas, contemplando cómo el alba empieza a perfilar a la princesa en tonos de sombra y plata y preguntándome qué se sentiría al dormir y seguir durmiendo. Supongo que sería mejor que morir, pero Dios… Menuda historia de mierda nos ha tocado vivir a las dos. No

45

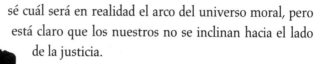

sé cuál será en realidad el arco del universo moral, pero está claro que los nuestros no se inclinan hacia el lado de la justicia.

A menos que los cambiemos. A menos que agarremos esas historias nuestras por la pechera y las arrastremos hacia un final mejor mientras patalean y no dejan de gritar. Puede que el universo tampoco se incline hacia el lado de la justicia así porque sí, que lo haga gracias al peso de los corazones y de las manos, centímetro a centímetro, reticente.

❊ ❊ ❊

—¿Y por qué está prohibido el páramo? —Intento sonar despreocupada, pero oigo que mi voz suena tensa—. ¿Hay monos voladores? ¿Roedores de tamaño poco habitual?

—¿Qué?

—Solo pregunto.

La mañana del tercer día, hemos abandonado el camino y nos abrimos paso a través de unas colinas cubiertas de maleza y piedras erosionadas por el viento. El sol brilla gris y evasivo, como si resplandeciese a través de un papel grasiento; los árboles están atrofiados y retorcidos.

Prímula ha detenido el caballo frente a un par de piedras altas y aserradas. No tienen símbolos extraños grabados, ni brillan, ni nada de eso, pero sí que hay algo deliberado en el ángulo que tienen, como si no estuviesen allí por accidente.

La princesa desmonta con esa gracilidad suya y toca el extremo afilado de la piedra con la palma de la mano.

—Está prohibido porque mi padre quiere proteger a su pueblo, y el páramo es peligroso si no conoces el camino.

—¿Y nosotras conocemos el camino?

—Harold me lo enseñó. Con mucho detalle. —Usa un tono neutro que indica que Harold es uno de esos hombres cuyas conversaciones parecen más bien discursos largos y jactanciosos—. Me quedó claro.

Sin el más mínimo cambio de expresión y sin tomar aliento siquiera, Prímula arrastra la palma por el filo. La piedra reluce húmeda y oscura a causa de la sangre cuando la retira.

—Dios, Prímula. ¿Qué haces?

En vez de responder, se limita a levantar la mano hacia el cielo, con la palma hacia arriba. Veo cómo la sangre se le derrama por la muñeca, roja como las rosas, roja como las caperuzas. Estaba más que segura de haber aterrizado en uno de esos cuentos de hadas nada violentos, para todos los públicos y sin ninguno de esos horrores medievales. Noto cómo eso cambia bajo mis pies, cómo se convierte en uno de esos cuentos donde se paga un precio y se derrama sangre.

Una silueta vuela hacia nosotros por el páramo, negra y andrajosa. Aterriza sobre la piedra alta entre un agitar de plumas y, por primera vez en toda mi vida, soy plenamente consciente de la diferencia entre un cuervo y una corneja. El ave es enorme y parece salvaje, sin duda más hecha para las lúgubres medias noches que para los aparcamientos de un McDonald's.

Se abalanza y lame la palma de Prímula con una lengua bien grande. Esto ya me parece pasarse.

—Bueno, ya. ¿Qué coño está pasando?

—Dejaremos aquí a Ranúnculo y continuaremos a pie —dice Prímula, con voz tranquila—. Caminad detrás de mí y no os separéis.

El cuervo vuelve a alzar el vuelo, traza un trayecto curvado por el cielo moteado y luego se posa en una rama baja que está como a medio kilómetro de donde nos encontramos nosotras. Prímula sigue cruzando entre las piedras altas con la palma manchada de sangre bien pegada al pecho. Voy detrás de ellos, sin dejar de murmurar sobre antibióticos, infecciones y tétanos, sin dejar de recordar la sensación fría del cuchillo contra las costillas. Y le rezo a Dios para que todo esto merezca la pena.

❀ ❀ ❀

La niebla se alza en cuanto llega la noche. Estoy cansada y hambrienta, me duelen los músculos y llevo tres días sin medicación ni esteroides. Prímula no está mucho mejor. La maldición la ha despertado a medianoche durante los tres últimos días; cada vez se siente más y más inquieta. No estoy segura de que haya dormido anoche. Más

bien, creo que se quedó acurrucada bajo su capa, con los ojos cerrados con fuerza mientras luchaba contra la llamada silenciosa de su hechizo.

El maldito pájaro nos hace caminar en círculos, dar rodeos, girar y volver sobre nuestros pasos, tantas veces que en muchas ocasiones me dan ganas de desviarme a paso firme por el camino que me dé la gana y mandar a la mierda la magia. Pero las sombras se extienden de maneras extrañas por el páramo. Más de una vez, me da la impresión de ver formas oscuras que se arrastran junto a nosotras, peludas y con garras. Desaparecen en cuanto me giro para mirarlas.

Me quedo detrás de Prímula. Seguimos al cuervo.

No sé si es por la niebla o por otra cosa, pero de pronto veo las montañas: unos dientes negros que se alzan ante nosotras, torcidos y afilados. Un sendero irregular serpentea por el páramo y llega hasta la ladera para luego terminar en una estructura de una ruinosidad gótica, tan lóbrega e indómita que solo podría pertenecer a uno de los personajes de esta historia.

—¿Deberíamos acercarnos por el camino principal? —susurra Prímula—. ¿O rodearlo y de ese modo tal vez colarnos para pillarla por sorpresa?

Supongo que debería dejar de sorprenderme el hecho de que la princesa sea algo más que una doncella con ojos de corderito, lista para desmayarse ante la primera señal de peligro. Siempre me enfado cuando a la gente le sorprende que tenga una personalidad ajena por completo a mi enfermedad, como si solo esperasen de mí que fuese un cúmulo de sonrisas valientes y de pañuelos manchados de sangre.

Veo cómo el cuervo asciende en espiral por la montaña. Se interna a toda prisa por una hendidura estrecha de la torre más alta del castillo.

—Pues creo que podríamos llamar a la puerta principal, como personas civilizadas. —Antes siquiera de que termine de hablar, en la ventana titila una luz tenue y verdosa—. Ya sabe que estamos aquí.

5

El sendero que sube por la montaña no es tan largo como parecía. Nada más doblar la primera curva del camino nos encontramos frente a la entrada del castillo. De cerca es mucho más inquietante: las almenas son aserradas e irregulares, las piedras están manchadas, las ventanas se asemejan a miles de ojos sin párpados que no dejan de mirar. Parece tener todos los ángulos ligeramente fuera de lugar, desagradables de una manera que soy incapaz de explicar. Me gustaría reírme del lugar, escapar de allí. Pero, en vez de hacerlo, escribo un mensaje mental a Charm: Esto es el Reino Mágico de Disney pero para góticos. Gormenghast ideado por Escher.

Trago saliva. Levanto el puño para llamar a las puertas, que son tan altas, ornamentadas y espeluznantes como seguro que te imaginas, pero en ese momento se abren en silencio hacia dentro. No hay nada al otro lado, solo una oscuridad amorfa.

—Bueno. —Miro a Prímula por el rabillo del ojo. Está pálida, pero no se estremece y tiene los dientes apretados—. ¿Entramos?

Asiente una vez, con la barbilla bien alta, y me ofrece el brazo. Cuando se lo cojo, sí que la noto temblar.

No hemos dado ni medio paso en el interior y oímos una voz que retumba por las paredes, chillando a los cuatro vientos como los murciélagos, resonando por todas partes al mismo tiempo.

—¿Quién osa entrar?

Abro la boca para responder, pero Prímula se me adelanta. Da un paso al frente con el pecho henchido de aire y suelta un bramido. En ese momento recuerdo por primera vez que las princesas terminan por convertirse en reinas.

—Soy yo, la princesa Prímula de Perceforest. Y la dama Zinnia de Ohio. —Se gira hacia mí y dice, en voz baja—: Desenvainad el arma. Preparaos. Yo la distraeré.

Es un buen plan. Puede que hasta llegue a funcionar.

Pero yo no he ido hasta allí para matar a un hada, porque no soy un príncipe, ni un caballero, ni un héroe. No soy Charm, quien podría cargar contra un grupo de dragones para defenderme nada más enterarse de dónde viven. Yo no soy más que una joven moribunda, y la última regla de las jóvenes moribundas, la que nunca pronunciamos en voz alta, es: «Intenta no morir».

Saco la daga de la sudadera y desenrollo el suave satén. La sostengo en alto para que nuestro enemigo invisible la vea bien. Después la tiro al suelo con naturalidad. Levanta chispas cuando se desliza por las baldosas.

—¡Dama Zinnia! ¿Qué acabáis de…?

No le presto atención a Prímula.

—¿Perdón? —le grito a la oscuridad—. ¿Señora Maléfica?

Se hace un silencio largo y sepulcral. Una luz verde reluce al fondo del pasillo, una antorcha retorcida en una mano nudosa. La luz se proyecta sobre una muñeca estrecha, una caperuza negra y el barrer histriónico de una túnica. En el fondo, me siento un poco decepcionada de que no lleve esa capucha con cuernos.

—No me llamo así. —En esta ocasión, la voz surge de la capucha negra, un gruñido grave en lugar de un aullido.

—Perdón. —Levanto ambas manos, sin arma alguna en ellas—. Esperaba que tuvieses unos segundos para hablar. —Espero—. Tomaré ese silencio impasible por un sí. Hemos venido a suplicarte un favor.

Oigo cómo alguien inspira con fuerza a mi lado. Y luego oigo la voz de Prímula repetir la palabra «suplicarte», como si fuese ajena e indecente.

—Supongo que queréis eliminar la maldición.

Me parece oír una amarga ironía en la voz del hada, pero no sé si me la he imaginado. Carraspeo.

—Dos maldiciones, en realidad. Supongo que ya conocerás la situación de Prímula, pero no la mía. Yo… Yo arrastro una maldición parecida, y soy de un lugar muy lejano. He venido aquí con la esperanza de que, gracias a tu sabiduría infinita y a tu poder ilimitado, seas capaz de desentrañar los secretos de la vida eterna. —Soy consciente de estar dorándole la píldora y no me importa: la dignidad es para aquellos que disponen de más tiempo que yo—. De que seas capaz de librarnos a ambas de nuestro infortunio. No tengo joyas ni tesoros que ofrecerte. Excepto uno. —He practicado el discurso durante las dos noches anteriores, mientras hacía guardia y Prímula descansaba. Alzo la cabeza a la luz de la antorcha verde y pongo una expresión de intenso sacrificio—. Mi primogénito.

Prímula vuelve a soltar un grito ahogado.

—¡Zinnia! ¡No lo hagáis! ¡Os lo prohíbo!

—Tranquila —mascullo de manera apenas audible. No me apetece explicarle que a) unos cuantos médicos me han dicho que mis ovarios están para el arrastre y b) no quiero y nunca he querido tener hijos, y menos después de haberme pasado la vida tratando de evitar que mis padres tengan que sufrir la carga que les supondrá mi muerte. Paso olímpicamente.

La figura encapuchada que hay al fondo del pasillo da un paso, luego otro y por último, de alguna manera, aparece justo frente a nosotras, con un cuervo posado en el hombro y unos ojos que relucen como veneno a través de las sombras. Mira primero a Prímula:

—Aunque pudiese romper el hechizo que os lancé hace veintiún años, no lo haría.

La princesa le devuelve la mirada, con gesto serio e impasible, cubierto de sombras inhóspitas a causa de la luz de la antorcha.

Yo no apartaría la vista de alguien que me mirase así, pero al hada no parece importarle demasiado.

—Y vos…

Da un paso hacia mí y me agarra una mano, con la velocidad de una serpiente. Retrocedo, pero me la sostiene con firmeza y la coloca con la palma hacia arriba para mirar el patrón de líneas y de venas. Murmura mientras lo contempla y después comienza a recorrer una o dos de las líneas con una uña amarillenta, como si mi palma fuese un mapa que costase mucho seguir.

—Mm. —Me suelta la mano despacio y casi con amabilidad. Después habla con un tono mucho más brusco—. Quedaos a vuestro primogénito.

—Pero…

—No puedo salvaros, niña.

Las palabras resuenan como un tortazo, duro e implacable, pero hay cierto desconsuelo en ellas.

—Oh. —Me froto con fuerza la palma con el pulgar y parpadeo a causa de ese escozor que noto en los ojos y que no está provocado por nada importante—. Vale. —Estaba preparada para algo así, de verdad. Las niñas enfermas aprenden a gestionar las expectativas a muy temprana edad, a negociar una y otra vez con la suerte horrible que han tenido en la vida—. Vale. ¿Y qué te parece un intercambio? Se podría decir que en Ohio soy como una princesa. Déjame ocupar el lugar de Prímula. Me pincharé el dedo y quedaré sumida en tu sueño mágico. Y a ella la dejas libre.

Puede que así vuelva a teletransportarme a mi mundo o que caiga en una estasis criogénica mágica. O puede que un príncipe apuesto venga a despertarme y me cure. Sea como fuere, dormir tiene que ser mucho mejor que morir sin remedio. Los desconocidos suelen creer que los enfermos intentamos encontrar la manera de morir con dignidad, pero lo único que buscamos la mayoría son maneras de vivir.

Los ojos del hada relucen debajo de la capucha.

—Lo que queréis es salvaros vos.

—Y a ella. —Cabeceo en dirección a Prímula—. No soy un monstruo.

La capucha se agita adelante y atrás.

—El hechizo no puede compartirse, ni robarse,

ni burlarse. No podéis ocupar su lugar. —Señala a Prímula con la antorcha—. Ella ha evitado mis condiciones, pero por poco tiempo. No podrá escapar a su destino.

Percibo un movimiento repentino detrás del hada. Veo unos labios rosados que se fruncen, unos nudillos blancos alrededor de una espada negra. La antorcha cae al suelo del castillo, y la cabeza del hada sale despedida de repente hacia atrás. En ese momento aparece una daga que se coloca muy cerca de su cuello.

—Oh, no. Pobre hada.

Prímula le jadea al oído. Los ojos de la princesa relucen verdes a la luz de la antorcha, rugen con veintiún años de rabia y amargura.

Veo la cara del hada con claridad por primera vez. No sé qué era lo que esperaba: puede que un lápiz de ojos sofisticado y unos pómulos arrolladores, o quizás una arpía arrugada con dientes torcidos. Pero no es más que una mujer. De un rubio platino, normal, corriente y de aspecto cansado.

—Matadme si queréis, niña. No os salvará.

La tristeza vuelve a resonar en su voz, y en sus ojos percibo una compasión funesta y muy profunda. ¿No debería estar riendo o insultándola? ¿No debería de habernos convertido en sapos o en cuervos? Noto como si la historia volviese a desviarse, como si fuese otra nota equivocada en una canción que conozco muy bien.

—Lo siento.

El hada lo susurra, y me resulta muy confuso percibir que parece decirlo en serio.

Prímula emite con la garganta un sonido ahogado, rabioso y sollozante. La punta de la daga empieza a temblar.

—¿Que lo sentís? ¿Vos, que me arruinasteis la vida y me robasteis el futuro? ¿Vos, que me lanzasteis esa maldición?

—Yo no os maldije, niña.

El hada parece susurrar

esas palabras, que suenan exhaustas y alargadas, y Prímula parece incapaz de decir nada a causa de la rabia.

El hada extiende dos dedos hacia la daga que tiene en la garganta y deja de ser una daga para convertirse en una pluma, negra y brillante. Cae de los dedos de Prímula. Ella la sigue con la mirada, esa pluma que antes era su única arma, su escapatoria, secreta y cruel, y que ahora se desliza hacia el suelo en silencio e inofensiva.

El hada se gira para plantarle cara a la princesa. Le toca el contorno perfecto de los pómulos con mucha suavidad.

—Yo os bendije.

❀ ❀ ❀

Prímula tuerce el gesto en una expresión que reconozco vagamente de las obras de teatro de la escuela, cuando algún niño decía mal una línea de diálogo y el que tenía que hablar después se quedaba en un limbo sudoroso y desconcertado.

56

—¿Qué? —pregunta Prímula, con una calma admirable.

—Se suponía que era una bendición. Al menos, según mi punto de vista.

Un atisbo de esa rabia cargada de amargura vuelve a reflejarse en el rostro de la princesa.

—¿Cómo podéis considerar que pasar un siglo durmiendo es una bendición? ¿Me lo explicáis?

—Hay cosas peores que dormir —responde el hada en voz baja, y puede que sea la villana, pero no se equivoca—. Quedaos por aquí un momento y os lo explicaré. ¿Queréis un té?

Prímula vuelve a poner esa expresión de obra de teatro de la escuela, y es posible que yo también lo haga. Ambas nos miramos con impotencia de un lado a otro del pasillo lleno de columnas negras y retorcidas y de piedra desnuda. Nunca he visto un lugar menos apropiado para tomarse una taza de té.

—¡Ah! —El hada se da una palmada en la frente—. Perdón. Deja que…

Chasquea los dedos dos veces. Las paredes se estremecen a nuestro alrededor, como si fuesen un reflejo en aguas agitadas, y luego...

Dejamos de estar en un castillo.

Las tres nos encontramos de pie en una estancia muy pequeña con suelo de madera y alfombras bien gruesas. Todo a nuestro alrededor tiene un aire doméstico y agradable, que roza lo acogedor. Hay una mesa de cocina llena de arañazos con tres tazas de té, piedras de carbón colocadas con esmero en una chimenea de piedra, estanterías con tarros de arcilla y botellas de cristal azul con unas etiquetas rubricadas con una letra cursiva perfecta. La antorcha de ese verde fantasmal ha quedado reemplazada por el brillo suave de unas velas de cera de abeja.

El hada ya no va ataviada con una túnica negra, sino que lleva un delantal manchado de grasa con una camisa de algodón lisa. Un pequeño pájaro de ojos brillantes se posa en su hombro, justo en el lugar donde antes estaba el cuervo.

Por unos instantes, me da la impresión de que Prímula está a punto de desmayarse de verdad. Me preparo para cogerla, al tiempo que me pregunto quién me cogería a mí, porque estoy a una sorpresa de desmayarme. La nota equivocada que oí antes ha terminado por convertirse en toda una canción disonante que nos hace bailar a su ritmo y nos lleva vete a saber adónde.

—Perdonad mi pequeña ilusión —dice el hada—. Creo que una primera impresión lo bastante amenazante es una forma muy buena de mantener a raya a la mayoría de los visitantes.

Prímula solo responde con un breve «oh». Yo intento acercarme, mareada, a la ventana más cercana. Aún nos encontramos en la montaña, pero tiene un aspecto mucho más agradable que la cima escarpada que habíamos atisbado entre la niebla. Veo flores silvestres y pálidas que se agitan a la luz de la luna, oigo el susurro verde de las briznas de hierba al agitarse con la brisa. El páramo de debajo parece más bien una pradera, llena de curvas suaves y de lomas cubiertas de hierba.

—Entonces..., ¿solo eran elementos decorativos? —Admiro de verdad la dedicación con la que lo ha hecho—. El castillo. El cuervo. El sacrificio de sangre...

El hada se estremece cuando oye la palabra «sangre».

—¡Oh!

Se apresura en dirección a una estantería y regresa a la mesa con un puñado de botellas tintineantes y un pedazo de tela.

—Sentaos, por favor.

Prímula se sienta, con el gesto que pondría una actriz que intentara en vano que alguien le chivase la siguiente línea de diálogo. El hada le señala la mano, cerrada y cubierta de sangre seca, y Prímula parpadea distraída antes de extender el brazo en la mesa que las separa. El hada murmura algo y hace el corte, una línea en carne viva que cruza la palma de la mano de Prímula como si de un rayo se tratase. Después la cubre con miel y le envuelve la mano en un algodón blanco y limpio. Le da dos palmaditas al terminar.

Prímula se queda mirando su mano sobre la mesa, como si fuese una criatura de las profundidades marinas o un alienígena, algo que estuviera muy fuera de lugar.

—No lo entiendo.

Su voz musical tiene cierto deje de rabia.

—Me hago cargo. Pero no sé por dónde empezar.

El hada mira a la princesa con ojos amables, irónicos y muy muy azules. Entrecierro los ojos mientras le miro el pelo. ¿Lo tenía dorado antes de tenerlo plateado?

Tomo el tercer asiento de la mesa y me inclino sobre ella con las manos unidas.

—¿Qué te parece si empezamos por tu nombre?

Tengo una sospecha muy descabellada de que sé cómo se llama.

El hada se muerde el labio inferior, que es del rosado más pálido, como el de las rosas en miniatura que mi madre cultiva en el exterior de casa. Luego susurra:

—Zellandine.

«Madre mía.»

Oigo un ligero gemido que brota sin querer de mis labios. Miro a Prímula y la educada perplejidad de su asombro me deja claro que no ha reconocido el nombre.

—Es una de nosotras —le explico.

Pero es mentira. La historia de Zellandine es mucho peor que la nuestra.

—¿Eso es que conocéis mi historia?

Esperaba estar equivocada y que la historia de Zellandine fuese diferente en este mundo, pero me mira de una manera que basta para confirmarlo, con una aflicción ya cicatrizada, que ha sanado pero aún está allí.

Me apetece decirle que lo siento, cogerle la mano y felicitarla por haber sobrevivido. Pero en lugar de eso me limito a asentir con brusquedad. La verdad es que se me da muy mal para ser alguien que se ha pasado toda la vida recibiendo el consuelo de los demás.

—Entonces, ¿a vos también os maldijeron? —pregunta Prímula, que, vencida por la curiosidad, le tiende la mano al hada.

Zellandine se incorpora de repente. Remueve el carbón de la chimenea, coloca una cazuela de metal encima y vuelve a girarse hacia nosotras.

—Antes de las maldiciones, antes de las hadas, de las rosas y hasta de las ruecas, solo había una joven que dormía.

A pesar de mi obsesión con la Bella Durmiente, no leí la versión de Zellandine hasta la quinta semana de FOLCLORE 344, el curso sobre cuentos de hadas e identidad de la doctora Bastille. Supongo que la historia resultaba tan terrible que lo mejor era no contarla, dejar que se echase a perder en los rincones sin barrer de nuestro pasado, como algo podrido al fondo de la despensa.

—Nací con una enfermedad del corazón. —Zellandine parece hablarle al calor constante de las brasas—. De haber hecho algún esfuerzo o haber sufrido una conmoción, podría haber caído presa de un desmayo del que no me habrían podido despertar ni siquiera recurriendo a hechizos. Aquello no suponía un gran problema cuando era niña. Pero cuando crecí…

Se queda en silencio, y miro de reojo a Prímula para comprobar si sabe lo que viene a continuación, si ha oído la promesa funesta que subyace en aquel silencio. Al parecer, las princesas no viven tan protegidas como para desconocer el tipo de cosas que podrían ocurrirle a una mujer incapaz de gritar, incapaz de escapar. Aprieta los dedos contra el blanco de la venda.

—Seguro que vuestro padre os protegió. O vuestra madre.

—Era sirvienta en el castillo de un rey, lejos de la protección de mi familia.

En la versión que yo había leído en la clase de la doctora Bastille, una traducción de la versión medieval francesa, Zellandine es una princesa que se sume en un sueño infinito cuando se pincha el dedo con una fibra de lino. Me pregunto cuántas variaciones habrá de la misma historia, cuántas bellas diferentes estarán durmiendo en tantos mundos diferentes.

Zellandine saca la cazuela de la chimenea ayudándose de una doblez del delantal y luego llena nuestras tazas. He leído la suficiente cantidad de libros de fantasía y de novelas de espías como para saber que no debo beber cualquier cosa que me ofrezca el enemigo, sobre todo si huele dulce y parece apetecible, como el aceite de lavanda, pero no creo que Zellandine sea nuestra enemiga. Rodeo la taza con los dedos y dejo que el calor se me extienda por la piel y los tendones, hasta el hueso.

—No tardé en llamar la atención del hijo del rey. Tuve cuidado y no le dirigí la palabra. Me aseguré de no encargarme de sus aposentos cuando estaba presente. Pero un día regresó de manera inesperada mientras recogía las cenizas de su chimenea. Me asustó al pronunciar mi nombre, y el corazón me traicionó. Lo último que recuerdo fue el golpe de mi cráneo contra el suelo de piedra. —Zellandine volvía a estar sentada en la mesa, pero seguía sin mirarnos—. Cuando me desperté, me encontraba en una cama mucho más grande que ninguna otra que hubiese visto antes, tanto que mis manos no alcanzaban a llegar a los extremos, y tan suave que sentí que me ahogaba, asfixiada en la seda. —Se le agitaron las fosas nasales, de borde blanco por su piel pálida—. Aún lo huelo si me despisto, los desinfectantes de la lavandería del castillo, el aceite de rosas de su piel.

Y ahora estaréis pensando: «La historia no es así». Puede que vosotras no tengáis un título universitario sobre estas movidas, pero seguro que habéis visto suficientes películas de Disney y leído bastantes

60

libros de cuentos como para saber que tendría que haber un príncipe apuesto, un amor verdadero y un beso, que no puede ser consentido porque las personas inconscientes no pueden consentir nada, pero que al menos sirve para romper la maldición y que la princesa se despierte.

Pero en las versiones más antiguas de este cuento, antes de Perrault y de los hermanos Grimm, el príncipe hace algo mucho peor que besarla, y la princesa nunca despierta.

Me obligo a seguir oyendo a Zellandine, sin estremecerme. Siempre he odiado notar cómo la gente se estremece, como si mis heridas fuesen armas con las que los ataco.

—Después de lo ocurrido, no volví a encargarme de su chimenea. Consideré que estaría a salvo si no contaba nada y tenía cuidado. Creía que se acabaría todo. —Zellandine extiende los dedos por la piel tersa de su estómago—. Pero no tardé en descubrir que no iba a ser así.

En aquel cuento tan antiguo, la princesa seguía durmiendo y daba a luz nueve meses después de la visita del príncipe a la torre. El bebé hambriento empezaba a chuparle un dedo y así le quitaba la fibra de lino, momento en el que ella despertaba de aquel sueño envenenado.

Me sentí muy mal la primera vez que lo leí, como traicionada por una historia que me gustaba mucho, que me pertenecía. Al día siguiente fui a clase con los brazos cruzados, la capucha de la sudadera puesta y el ceño fruncido mientras la doctora Bastille hablaba sobre los cuerpos de las mujeres y sus elecciones en una Europa casi moderna, sobre cómo la historia daba paso a la mitología y la pasividad al poder.

—Estáis acostumbradas a pensar que los cuentos de hadas son historias de fantasía —había dicho la doctora Bastille sin dejar de mirarme mientras lo hacía, con un gesto que denotaba compasión y sarcasmo al mismo tiempo—. Pero no son más que espejos.

Volví a leer la historia al regresar a casa, sentada con las piernas cruzadas sobre mis sábanas estampadas con rosas, y sentí cómo una melancolía propia de la edad adulta se apoderaba de mí. Siempre había considerado el de la Bella Durmiente como un cuento al que aspirar con todas mis fuerzas: una joven moribunda que no moría, una tragedia convertida en historia de amor. Pero ahora la veía como un mero

61

reflejo: una joven con una historia de mierda. Una a la que le habían impedido tomar decisiones.

Zellandine se queda en silencio, mirando la mesa con el rostro compungido. Le doy un sorbo al té de flores.

—¿Qué ocurrió con el bebé?

Alza la vista y retuerce los labios.

—No hubo bebé. Seguí los rumores y los comentarios que se susurraban por ahí para encontrar a una sabia de las montañas que conocía el hechizo que necesitaba. Decidí que no quería que esa fuese mi historia. Elegí una mejor. —El recuerdo de dicha elección hace que se tranquilice, como si una luz se reflejase en sus facciones—. Me quedé con la sabia. Me enseñó todo lo que sé y luego yo aprendí más cosas. Conseguí el poder necesario para convertir las armas blancas en plumas y las cabañas en castillos. Aprendí a leer el futuro en las hojas del té y en las estrellas.

No creo que sea posible tener un aspecto amenazador ataviada con un delantal mientras le das sorbos al té, pero Zellandine tiene una mirada intensa y astuta sobre una sonrisa llena de secretos.

—Fue allí donde leí ciertas cosas… Vi que mi historia se repetía una y otra vez. Miles de jóvenes diferentes con miles de destinos igual de terribles. Empecé a interponerme, donde y cuando era capaz de hacerlo.

Cuando lo dice, siento un atisbo de vergüenza que me resulta extraño. Al parecer, también existen jóvenes moribundas que no hacen lo mismo que las demás y que se dedican a intentar salvar a las otras en lugar de salvarse a sí mismas.

—Me llamaron bruja o hada malvada. Me da igual. —Zellandine mueve esos ojos azules e intensos hacia Prímula por primera vez en mucho tiempo—. Sigue dándome igual, si con ello consigo salvar aunque sea a una joven del futuro que le espera.

Prímula parece incapaz de apartar la mirada, de moverse siquiera.

—¿Cuál es el destino que me espera? —dice con una voz que bien podría ser el fantasma de un susurro.

El ave negra del hombro del hada ladea la cabeza para mirar a Prímula con un ojo que parece una gota de tinta. Zellandine le pasa un dedo por el pecho.

—Seguro que sabéis cuál es, princesa.

Prímula la mira con un gesto desafiante colmado de inseguridad.

—Ahora que no tienes mi maldición, podrías casarte —continúa el hada, con voz amable—. Estarías muy a gusto en tu cama de matrimonio, ¿verdad?

La princesa sigue en silencio, pero veo cómo ese gesto desafiante se despedaza y le cae por los hombros. El rostro se le queda pálido y expuesto, y el fruncimiento angustiado de sus labios me indica que no solo es que no le guste el príncipe Harold, sino que no le gustan los príncipes en general. Ni los caballeros, ni los reyes. Y seguro que tampoco los granjeros guapos.

Zellandine continúa hablando con esa voz amable y devastadora:

—Vi un matrimonio que no deseabais con un marido al que no podíais amar, y al que no le importaba si vos lo amabais o no. Vi un lento asfixiarse entre sábanas refinadas, y una mujer tan desesperada por escapar de su destino que estaba dispuesta a zanjarlo de una vez por todas.

Prímula levanta la taza de té y vuelve a bajarla al instante, con unas manos que le tiemblan tanto que el té se derrama por el borde. Me dan ganas de ponerle la mano en el hombro o de tocarle el brazo, pero no lo hago. Dios, ojalá Charm estuviese aquí. Seguro que, en un momento, habría conseguido que la princesa se pusiese a llorarle en el hombro para calmarse.

—Podríais... —Prímula hace una pausa, y veo cómo se le mueven los músculos del cuello, como si tragase algo lleno de espinas—. Podríais haber hecho algo diferente. Podríais haberme advertido o protegido. Podríais haberme secuestrado...

—Lo he intentado. He construido torres para jóvenes y las he encerrado allí. Las he perseguido por bosques frondosos y dejado que siete hombres buenos cuiden de ellas. He convertido a sus maridos en bestias y en osos, y reclamado a sus pretendientes tareas imposibles. Lo he intentado todo, y ha funcionado a veces. Pero es difícil hacer desaparecer a una princesa. Suele provocar guerras, cacerías e historias que terminan con brujas bailando en zapatos de hierro al rojo vivo. He hecho todo lo que he podido. Os di mi bendición, oculta detrás de una maldición. Un encantamiento que evitase que os comprometierais y os casarais. Os di veintiún años para vivir bajo vuestros propios términos, libre de los hombres...

—Pues no salió demasiado bien.

La voz de Prímula suena muy resentida, violenta incluso. Me doy cuenta de que lo había entendido mal, que la daga que ocultaba debajo de la almohada no era en ningún caso para usarla sobre sí misma. Me había dado la impresión de ser una Aurora, trivial y anodina como un trozo de cartón, pero en realidad no era más que una joven haciendo todo lo posible por sobrevivir en un mundo cruel, como el resto de nosotros.

—... y seguidos de un siglo de sueño protegida por una zarza espinosa tan alta que ningún hombre fuese capaz de llegar hasta vos. Os di la posibilidad de que, al despertar, ya no fueseis una princesa, sino una mujer normal y, por lo tanto, más libre. La esperanza de que el mundo se hubiese vuelto más amable mientras dormíais.

Zellandine, que no es ni egoísta ni cobarde, extiende la mano hacia Prímula.

—Lo siento si no es suficiente. Es todo lo que puedo daros, y ya no hay manera de cambiarlo.

Prímula se pone en pie antes de que la toquen los dedos del hada, y la silla chirría por la madera del suelo. Tiene los puños cerrados.

—No puedo... Tengo que...

Se abalanza hacia la puerta y se tambalea en dirección a la noche aterciopelada antes de que yo pueda hacer otra cosa que no sea pronunciar su nombre.

La puerta se agita estúpidamente detrás de ella, moviéndose en la brisa. Me quedo allí sentada, mirándola durante un rato mientras se enfría el té y noto un dolor en el pecho, antes de que Zellandine diga:

—Las cargas más pesadas son aquellas que tenemos que soportar solos.

Desvío la mirada perdida hacia ella, que añade, con una voz menos mística y más seria:

—Que vayáis a hablar con ella, niña.

La obedezco.

6

Se encuentra sentada entre flores silvestres de pétalos pálidos, con los brazos alrededor de las rodillas y la mirada fija en el horizonte oriental. El rostro me recuerda a uno de esos cuadros inquietantes de temática popular en la época renacentista: la muerte y la doncella, jóvenes atractivas que bailaban con esqueletos de alabastro.

—Oye —digo, en voz baja. Ella no responde.

Me siento con cautela a su lado y paso las puntas de los dedos sobre esas flores de satén blanco.

Cuando era niña, solía arrancar uno a uno los pétalos de las margaritas y jugar a una versión macabra del «me quiere, no me quiere». Yo decía «viviré, moriré», y seguía jugando hasta que una de las flores acababa con un «viviré».

—Os oí hablar conmigo esa noche, cuando estuve a punto de tocar el huso.

Habla con voz distante, como si lo hiciese en sueños. Yo doblo el tallo de una flor.

—Te llamé palurda.

—Me dijisteis que no lo hiciera. Y fue como si una chispa cayese en mi mente y me prendiese fuego. Os pedí ayuda porque creí que era la primera vez que alguien podría ayudarme, que de verdad iba a tener elección. Que mi opinión importaba de verdad. —No ha dejado de mirar al horizon-

67

te, donde empieza a asomar la promesa gris del amanecer—. He estado a punto de creérmelo.

Siento cómo se me constriñen los pulmones y no sé si es a causa de la amiloidosis o de la pena.

—Sí, sí. Yo también. —Casi me había convencido a mí misma de haber encontrado un vacío legal, una solución alternativa, una manera de escapar de mi horrible destino. Creía que las dos juntas seríamos capaces de cambiar las reglas, pero ambas seguíamos condenadas a pesar de encontrarnos en un mundo lleno de magia y de milagros. Carraspeo—: Lo siento.

Prímula niega con la cabeza, y el cabello se le agita, plateado a la luz de las estrellas.

—No lo sintáis. Estos tres días han sido los mejores de mi vida.

Recuerdo los días largos a caballo, las noches inquietantes entre las raíces de los majuelos, en cómo un cuervo le había lamido la sangre, e intento no darle demasiadas vueltas a cómo habrá sido la vida de la princesa hasta mi llegada.

68 —Bueno. Y ahora, ¿qué?

Alza un hombro, en un gesto que podría haberse considerado un encogimiento de hombros en una persona menos grácil.

—Pues volveré al castillo de mis padres y me despediré de ellos. Después, supongo que me pincharé el dedo con el huso de la rueca y aceptaré mi destino. Quizá deberíais hacer lo mismo para volver a casa.

No parece triste ni enfadada, tan solo una mujer resignada. Ahora estoy segura de que lo que siento en el pecho es una sensación que viene directa desde mi corazón.

Prímula se pone en pie y me ofrece la mano. Intenta sonreír, pero no lo consigue.

—Puede que ambas nos despertemos en un mundo mucho mejor.

El hada nos envuelve un poco de pan, carne salada y doce manzanas relucientes antes de partir. Nos coge las manos a ambas y frota los pulgares contra las líneas entrecruzadas de nuestras palmas.

—Venid de visita cuando todo haya pasado —nos dice, con lo que mi abuela llamaría una «mala leche del copón», dado que el hada sabe que nos dirigimos a caballo hacia una muerte segura y un sueño de un siglo, respectivamente.

Cruzamos el prado verde y apacible que antaño fuera el Páramo Prohibido, siguiendo a ese mirlo que antaño había sido un cuervo. Echo la vista atrás justo antes de cruzar las piedras altas. En lugar de aquel castillo ruinoso, veo una cabaña de piedra levantada contra la ladera de la montaña, bañada por el sol y encantadora, aunque un poco solitaria. La cabaña desaparece cuando cruzamos las piedras, oculta otra vez entre volutas de niebla densa y kilómetros de un páramo plomizo. El mirlo vuelve a convertirse en un cuervo, con garras curvadas y plumas ajadas. Nos ve marchar con un ojo negro y reluciente.

❀ ❀ ❀

La primera noche nos refugiamos a sotavento en un peñasco y enciendo una hoguera que no está nada mal (gracias a mi madre por apuntarme a las *scouts* en tercero). Me da la impresión de que se me empieza a dar bien todo lo relativo a las acampadas medievales, pero Prímula no logra conciliar el sueño. No deja de moverse y dar vueltas bajo la capa durante horas, entre suspiros, y levantándose cada dos por tres. Se calienta las manos en las brasas casi apagadas, y la venda del hada le reluce naranja en la palma.

—Tenéis que dormir, dama Zinnia. Yo no puedo hacerlo.

Tiene los ojos hinchados y rojos del agotamiento.

—No pienso dejar que te alejes —digo—. Que lo sepas.

Ella no me mira cuando responde.

—La maldición se ha vuelto más fuerte. Creo que la he rechazado durante demasiado tiempo y ahora va a por todas; tengo que enfrentarme a ella de manera constante. No sé si seréis capaz de detenerme.

—En la penumbra no distingo si tiene los ojos verdes o azules. Continúa hablando con un hilillo de voz—. Quería ver a mi madre una vez más, antes de que llegase el fin.

No nos detenemos mucho después de eso. Prímula duerme en arrebatos fortuitos y despierta con la mirada afligida. Tiene el rostro cada vez más demacrado y gris, con la piel estirada como papel mojado sobre los sólidos huesos de sus mejillas. Cuando llega el tercer día, no soy yo la que se agarra a ella, sino que soy la que la sostiene a la desesperada para mantenerla erguida.

La cabeza le cae hacia delante y cada vez agarra las riendas con menos fuerza.

—Oye, princesa. Me preguntaba... ¿Quién heredará el trono cuando te duermas?

La verdad es que me dan igual las leyes de sucesión del reino de un mundo de fantasía que estoy a punto de abandonar, pero supongo que es el tipo de cosas que le preocupan a una princesa.

Alza la cabeza con brusquedad.

—¿Qué? Ah. Creo que la corona pasará a mi tío Charles, ya que no tengo hermanos ni hermanas.

Me pregunto en qué momento sus respuestas han perdido los signos de exclamación, y deseo absurdamente ser capaz de conseguir que vuelvan.

—Yo tampoco tengo hermanos ni hermanas —digo, como si estuviésemos en una de esas primeras citas tan aburridas—. Siempre he querido tener una hermana pequeña, pero... —Mi madre y mi padre dijeron que solo querían tener un hijo, pero estoy muy segura de que es mentira. Creo que quieren que no tenga que lidiar con un hermano menor que a buen seguro vivirá más tiempo que yo, una versión 2.0 de mí misma, sin error alguno ni acorralado por la fatalidad. Pero la verdad es que me habría gustado que tuviesen otro hijo en el que volcar todo su amor—. Pero da igual. Al menos, tenía a Charm.

—¿Charm? —dice Prímula, que lo pronuncia con extrañeza, como si no fuese un nombre.

—¿No te la he mencionado? —Saco el teléfono de la sudadera y lo enciendo (dieciocho por ciento de batería). Rodeo a la princesa con el brazo para que vea la foto de la pantalla de bloqueo: Charm mandándome un beso volado y haciéndome el corte de mangas al mismo tiempo. Es verano y lleva un top negro para enseñar lo que, según ella, «hace que las damas se desmayen a su paso» (sus bíceps) y lo que «hace que no la contraten en ningún trabajo» (sus tatuajes).

Prímula mira el rostro de Charm durante un buen rato, lo que confirma mis sospechas sobre ella. Se endereza en la silla de montar y cierra la boca con un chasquido de dientes casi audible.

—¿Es amiga vuestra?

—Mi mejor amiga. —Mi única amiga, en realidad—. Nos conocimos en segundo de primaria cuando pegó a un niño que preguntó si mis padres me iban a dejar elegir mi ataúd. La enviaron al despacho del director y yo dije que me encontraba muy mal para poder sentarme con ella en el pasillo. No se ha separado de mí desde entonces, a pesar de mi... maldición.

O a causa de ella, para ser sincera conmigo misma.

Los padres de Charm ya tenían tres hijos cuando vieron un programa de *Frontline* de los años noventa que trataba sobre los jóvenes huérfanos en Rusia. «Rescataron» a Charm de un orfanato de San Petersburgo seis meses después, y siempre se aseguraban de que ella no se olvidara. Cada vez que se portaba mal, le decían que tenía que dar gracias por no estar pidiendo limosna en las calles. Todas las Navidades, el padre de Charm bromeaba con que ella ya había conseguido cumplir el sueño americano y que no debería pedir ningún regalo más.

Eso hacía que Charm siempre estuviese enfadada, que tuviera asesoramiento psicológico dos veces por semana en el colegio y que se hubiese pasado toda la vida queriendo ser una heroína. Ser la persona que salva a los demás en lugar de la persona a la que salvan. Era la razón principal por la que tenía en el hombro el tatuaje de un bebé adoptado que había venido de muy lejos para luego crecer y salvar el mundo una y otra vez.

Supongo que mi EGR me convertía en el desafío definitivo, me convertía en una damisela en un apuro del que era imposible salvarme. Charm solía pasar horas y horas con el material de química de su hermano y una pila de volúmenes de la Enciclopedia Británica, como si una niña de tercero fuese a encontrar la cura de una enfermedad genética. Después creció y dejó de hacerlo. Al menos sirvió para algo, ya que Charm quedó de las primeras en la rama de ciencias del examen de acceso a la universidad y luego hizo prácticas en importantes empresas de biotecnología al graduarse. (Yo insistí en que trabajase para esa pequeña empresa emergente que intentaba clonar órganos con poco di-

71

nero, pero ella eligió Pfizer, una empresa farmacéutica grande y terrible, por razones que soy incapaz de dilucidar.)

Me ha enviado veinte o treinta mensajes desde la última vez que miré el teléfono: teorías, preguntas y ultimátums; preocupaciones indirectas de mi familia, que al parecer empezaban a preocuparse por que llevase «durmiendo» seis días seguidos; un puñado de capturas de pantalla de páginas sobre física, multiversos y una infinidad de realidades alternativas que se superponen unas a otras, como las páginas de un libro.

Me planteo responder, pero no se me ocurre nada que decir. Apago el teléfono antes de empezar a hacer algo vergonzoso, como llorar.

—Puede que, cuando regreséis a vuestro mundo, Charm y vos encontréis a vuestra hada y la derrotéis juntas —dice Prímula—. Y-yo no podría haberme enfrentado a Zellandine sola.

Me acurruco contra su espalda y me siento un poco culpable. Lo cierto es que no lo había hecho para salvarla a ella.

—No ha servido de mucho.

—No. Pero... —Los hombros cansados de Prímula se enderezan un poco—. Ahora que sé la verdad me siento más fuerte que antes. Es la diferencia entre que te lleven a la horca arrastrándote con una venda en los ojos o que lo hagas con la cabeza bien alta y los ojos bien abiertos. Supongo que es el mal menor.

Dios, qué desolador. Se merece mucho más que una horca, mucho más que este mundo agobiante lleno de torres, zarzas espinosas y males menores. Me recuerdo lo poco que me gusta que lloren por mí y hago todo lo posible por no llorar por Prímula.

—Puede que vuestra maldición tenga una solución más negociable que la mía...

—No la tiene... —No tengo intención de ponerme a explicarle el daño teratogénico a una princesa medieval cuyos conocimientos sobre medicina no pasan de las sangraduras y de la teoría del útero errante, pero aún queda medio día de viaje para llegar al castillo y no soporto la esperanza obstinada que atisbo en su voz—. No es una maldición, exactamente. Y en mi mundo no hay hada malvada.

Seguimos cabalgando mientras yo no dejo de hablar. Le hablo sobre la extracción del gas natural y el MAL-09, el compuesto químico que contaminó el suministro de agua corriente de Roseville a finales de los años noventa, el mismo que se había probado y admitido en hombres adultos, pero no en mujeres embarazadas. Le cuento todo lo relativo a barreras placentarias, daños genéticos y los cuarenta y seis recién nacidos que sufrieron alteraciones ribosómicas en la zona de Roseville. Le hablo sobre años y años de batallas legales, las multas que no sirvieron de nada y el acuerdo que ayudó a pagarme la universidad. Estoy muy segura de que Prímula no entiende ni una tercera parte de lo que le digo, pero me escucha con una intensidad que encuentro extrañamente halagadora. En mi mundo, todo el mundo conoce la enfermedad generalizada de Roseville. Han visto el documental de cinco episodios en Netflix y discutido con los conspiranoicos en Facebook. Para ellos no soy más que otro titular, no una persona por derecho propio.

—Algunos de los otros nacidos con EGR formaron un grupo llamado los Niños de Roseville que ha hecho mucho activismo. Se manifestaron frente al capitolio del estado y hasta hicieron alguna que otra sentada en Washington. La prensa siempre les hace mucho caso, pero no parece que hayan conseguido cambiar nada. Mi madre y mi padre me llevaban a las reuniones mensuales cuando era niña, pero…

Me quedo en silencio. Dejé de ir a las reuniones de los Niños de Roseville con dieciséis años, cuando llegué a la conclusión de que no quería pasar los años de vida que me quedaban cantando consignas y llevando camisetas cutres. Ahora siento una punzada de culpabilidad al pensar en todas las bellas durmientes a las que ni siquiera he intentado salvar. Hay menos de nosotras de las que había antes.

—Sea como fuere, tengo que meterme una gran cantidad de esteroides y medicamentos para retrasar la formación de proteínas, pero las últimas radiografías que me hicieron no fueron muy halagüeñas. Dijeron la frase: «Quedan semanas, no meses».

Hablo con total naturalidad, pero oigo cómo Prímula suelta un grito ahogado.

—Lo siento —sentencia ella a modo de conclusión, y no hay mucho más que hablar.

Seguimos cabalgando, moribundas, apenadas, condenadas a la horca, hasta que las torres del castillo de Perceforest, que parecen sacadas de un cuento de hadas, se alzan entre los árboles, doradas a causa del sol del ocaso.

73

❀ ❀ ❀

El mozo de cuadra está a punto de desmayarse cuando nos ve aparecer en los establos, oliendo mal, cansadas y sucias a causa del viaje. Después hay muchos gritos y carreras, y el mozo aparece con otro mozo mejor vestido que nos mete en el castillo y nos lleva a la sala de reuniones del rey.

El ambiente me recuerda al de la sala de espera de un hospital, frío y sofocante, cargado a causa de la preocupación. El rey y la reina están sentados frente al príncipe Harold, y todos murmuran sobre un mapa del reino. Se quedan en silencio al ver a la princesa.

Acto seguido escucho una versión medieval del discursito: «Dónde has estado, jovencita. Estábamos muy preocupados por ti». Oigo algún que otro «adónde habéis ido» y «por qué habéis hecho algo así», pero no dejan de darle vueltas a lo mismo. Hago todo lo posible por camuflarme en uno de los tapices mientras el rey habla con voz estruendosa y el príncipe hace todo lo posible por no poner gesto de decepción al darse cuenta de que no tiene que partir en un arriesgado rescate. La reina no deja de mirar la mesa con pesadumbre.

Nadie parece muy interesado en la explicación de Prímula, aunque para ser justos, lo de «fui de pícnic matutino y me perdí en el bosque» es una excusa bastante cutre. Se los ve más interesados en recalcar lo aterrorizados que estaban y lo valiosa y frágil que es su hija.

—Lo único que he intentado durante estos últimos veintiún años es protegeros —dice el rey, apesadumbrado—. ¡Por qué os arriesgáis así! ¿Es que no os habéis parado a pensar en el amor que os profesamos?

Me recuerda a los padres de Charm, o puede que a los míos: una persona cuyo amor es una carga, un peso que siempre tienes que arrastrar con los tobillos.

Prímula lo escucha con mirada vidriosa y pasiva, lo que me deja claro que se lo ha oído muchas veces, que se ha acostumbrado tanto a los grilletes de los tobillos que ya casi ni los nota.

Hago un ruido leve e involuntario a caballo entre la repugnancia y la empatía. El príncipe Harold alza la vista:

—¿Y esta quién es? —interrumpe el discurso del rey con su pregunta—. Juraría que no es una de vuestras sirvientas, y está vestida de una manera un tanto extraña.

Me cuesta horrores no hacerle el corte de mangas.

La princesa sigue con mirada vidriosa y opaca.

—Es la dama Zinnia. La conocí en mi viaje, y estoy en deuda con ella debido al coraje con el que encaró todas las adversidades a las que nos enfrentamos.

—¡No habríais tenido que enfrentaros a adversidad alguna si os hubieseis quedado en el lugar al que pertenecéis!

El rey empieza a pronunciar otro largo discurso sobre deber, familia, ser padre, honor, virtudes femeninas y la obediencia que le debemos a nuestros mayores y monarcas, pero el príncipe Harold no deja de mirarme. Tiene un rostro de un atractivo demasiado obtuso como para ser alguien sagaz, pero hay cierta suspicacia que no me gusta nada en la mueca de sus labios.

Da igual. Pronto estaré en casa y su prometida se habrá dormido, y sus sospechas serán inútiles.

El rey guarda silencio después de la perorata y le dice a su hija que ya hablarán del castigo por la mañana.

—Claro, padre —dijo Prímula con tranquilidad. Mira a su madre, y el cristal se resquebraja por unos instantes. Se le tuercen los labios y abre un poco la boca, pero se limita a decir—: Buenas noches, madre.

La reina agacha la cabeza en un asentimiento casi contrito que hace que me pregunte si su amor no será demasiado insoportable.

Un grupo bullicioso de damas y criadas nos llevan a nuestras habitaciones. Dan de comer y miman a la princesa, la consienten y la cuidan, la bañan y la visten con un camisón tan rígido a causa de los bordados que es imposible que resulte cómodo. Cuando nos dejan solas, ya es casi medianoche.

Prímula se sube a esa cama enorme e increíble, y queda medio hundida en el edredón y las sombras.

—¿M-me seguiréis cuando me marche?

—Sí. —Le echo un vistazo al diván junto a la ventana y a las sillas talladas, para luego quitarme la sudadera y las zapatillas y meterme en la cama junto a la princesa. Ella no se mueve ni dice nada, pero atisbo el húmedo relucir de sus ojos en la oscuridad, el silencioso deslizar de las lágrimas por sus mejillas. Finjo que soy Charm, que sé cómo consolar a alguien inconsolable—. Oye, tranquila. ¿Vale? Iré contigo. No me separaré de ti. No estarás sola. —Puede que no hayamos encontrado una solución a nuestras terribles historias, pero sí que podemos estar menos solas mientras las vivimos, ahora que están a punto de terminar—. Duérmete. No me iré de aquí.

Acerca la mano al espacio que nos separa y yo le pongo la palma de la mía encima. Nos quedamos dormidas acurrucadas la una junto a la otra, como un par de paréntesis, como un sujetalibros a ambos lados del mismo libro de mierda.

❀ ❀ ❀

La maldición se apodera de ella durante esa negrura insondable posterior a la medianoche, mucho antes del amanecer. Me despierto y la encuentro incorporada en la cama, con los ojos abiertos y la mirada perdida, de ese verde propio de un fuego fatuo. Baja al suelo como una sonámbula, con una determinación terrible e invisible, y yo la sigo descalza.

Los corredores del castillo son más retorcidos y fríos de lo que recuerdo, ahora que todas las antorchas están apagadas y se han cerrado todas las puertas. El viento sopla a través de las estrechas hendiduras de la piedra, agita el cabello de Prímula y hace que se me erice el vello de los brazos mientras atravesamos pasillo tras pasillo, así como una puerta que apostaría un millón de pavos a que no existía hasta ese mismo momento. Detrás de ella hay unas escaleras que ascienden en una espiral infinita, iluminadas por una luz que no sé de dónde viene.

No necesito decirte qué ocurre a continuación. Conoces bien el cuento: la princesa sube por la torre. La rueca la espera. Extiende un dedo largo y estrecho hacia ella, con mirada perdida y un tanto atribulada, como si soñase con algo desagradable y no pudiese despertar.

La única diferencia soy yo. Una segunda princesa, sin corona y con el pelo grasiento, desesperada por conseguir una medicina moderna y ropa limpia. Lloro en silencio en las sombras detrás de ella.

—Buenas noches, princesa —susurro.

Ella titubea, y las arrugas del ceño de su rostro se hunden unos instantes, antes de que el encantamiento del hada las suavice.

Su dedo se encuentra a unos centímetros del extremo del huso cuando oigo un sonido que nunca he oído en la vida real, pero que reconozco gracias a una adolescencia en la que no dejaba de ver *El Señor de los Anillos*: una espada desenfundada de la vaina. Después se oye el tintineo de unas botas por la escalera, el susurro de una capa por las piedras, y unos hombres armados entran en la estancia de la torre.

Una mano ancha agarra a Prímula del brazo y tira de ella hacia atrás. Una hoja de plata destroza la rueca y esquivo los restos resquebrajados. Cuando bajo los brazos, veo a un hombre de mandíbula prominente de pie y con gesto triunfante sobre lo que queda del desastre en el que se ha convertido el único medio que tenía para volver a casa.

El príncipe Harold jadea un poco y aún agarra con fuerza el brazo de Prímula. La mira con gesto heroico, y un mechón de cabello le cruza la frente de manera muy atractiva.

—Estáis a salvo, princesa. No temáis.

Prímula no parece asustada. Se diría que más bien parece desconcertada, adormilada y un tanto irritada. Harold no parece darse cuenta. Levanta la espada una vez más y señala en dirección a mi pecho.

—¡Guardias! ¡Aprehendedla!

No tengo tiempo ni para jadear un breve «Pero ¿qué coño…?» antes de que me agarren los brazos por detrás y me cubran las muñecas con hierro frío. Me retuerzo contra las cadenas, pero siento la debilidad de mis extremidades, la fuerza pétrea de los hombres que me agarran.

Harold niega con la cabeza mientras me mira, y se le agita ese rizo perfecto que le cubre la frente.

—¿Creíais que podríais escapar de mí dos veces, hada? —Hace un gesto imperioso en dirección a las escaleras de la torre—. A las mazmorras.

77

7

*M*ás que un lugar, se podría decir que la mazmorra es una colección de elementos típicos de una mazmorra: piedras húmedas en las paredes y barrotes de metal; cadenas que cuelgan manchadas de Dios sabe qué; huesos astillados apilados en las esquinas, rotos y amarillentos, y una dulzura propia de la descomposición en el ambiente, como la de una despensa en la que se guarda algo podrido.

No recuerdo haber estado tan irreversible y completamente jodida en mis veintiún años de mala suerte. Me encuentro encerrada en una celda sin ventanas en una realidad equivocada, mientras me pregunto cuánto tiempo podré aguantar en pie antes de que me obliguen a sentarme en ese suelo de piedra asqueroso. Tengo hambre y sed, y soy una enferma terminal. No tengo forma de volver a casa. Mi única amiga en este lugar atrasado de cojones y anterior a la Ilustración está a punto de casarse con un hombre que es todo mentón con una hendidura en el medio. En estos instantes, es muy posible que el rey se debata entre ahogarme o quemarme o hacerme bailar con unos zapatos de hierro al rojo vivo.

Me gustaría hacer que mi historia descarrillase, volcarla hacia un final mejor, pero lo único que he hecho ha sido cambiar el papel que interpreto en ella. Me he convertido en la bruja, y las brujas siempre tienen finales peores que las princesas.

Mi psicóloga, que es tan cursi como sincera, y además suele tener razón, dice que, cuando las cosas te abruman, lo mejor es hacer una lista de todo lo que tienes a tu disposición. Es una lista muy corta en este caso: una pequeña pila de vértebras en una esquina, un cubo de latón lleno de un agua que no creo que sea potable, varios órganos obstruidos por las proteínas en mi interior y un teléfono al que le queda más o menos un doce por ciento de batería.

Lo enciendo y repaso los mensajes que no he leído. ¿Por qué no? Ya no hay razón para ahorrar batería.

Charm me ha enviado unas pocas más de esas teorías locas con enlaces a páginas de la NASA que no me cargan. Doy por hecho que tengo bastante tiempo para perder, por lo que hago zum en las imágenes hasta que soy capaz de leer lo que dicen los artículos, o de leerlos por encima al menos, o de mirarlos aunque sea. Todos parecen centrarse en la idea (hipotética e improbable) del multiverso, de que existe una cantidad ilimitada de realidades separadas por unos pocos cuarks o pelusas. Un tipo las compara con las burbujas de un cuadro, que no dejan de aparecer por aquí y por allá; otro nos sugiere que nos imaginemos un dado de seis caras que cae de seis maneras diferentes y crea seis realidades distintas. Mi comparación favorita es la que describe el universo como «un libro enorme con infinidad de páginas». Me gusta mucho la idea de ser un signo de puntuación mal colocado o un verbo extraviado que ha acabado de alguna manera en la página equivocada. Está claro que es mucho mejor que ser una burbuja de pintura o la tirada de un dado de seis caras.

Deseo que Charm esté ahí conmigo para burlarse de mi falta de comprensión científica (está claro que una tiene lagunas en su educación después de fugarse de la mitad de las clases de ciencias del instituto y sacarse una carrera de humanidades). Siempre me había imaginado que Charm estaría conmigo durante mis últimos momentos, llorando, atractiva, junto a mi cama y puede que hasta echándole el ojo a alguna enfermera buenorra que trabaje en el turno de día en la uci. Puede que incluso vuelvan a encontrarse junto a mi tumba y se vayan a tomar unas copas juntas. Puede que hasta acaben casadas, con tres perros de búsqueda y rescate y un Subaru. ¿Quién sabe?

Escribo y borro varios mensajes para Charm, antes de hacer lo propio con el más doloroso y difícil: Malas noticias, guapa. Se ha roto el traslador.

Eso SERÍAN malas noticias si no te hubiese dicho ya que los trasladores son una ficción.

Tardo unos diez segundos en enviarle una versión cortada de una de las capturas de pantalla que me había enviado, con la última frase subrayada en rojo: «En un universo de realidades infinitas, la ficción no existe». Ella responde con el emoji del corte de mangas, lo que me parece adecuado.

Mira hablando en serio: la rueca mágica está rota. Es posible que me vaya a quedar encerrada aquí para siempre o durante el tiempo q me queda.

He intentado hacer todo lo posible por no sentir ese agujero en el pecho ni ese peso estremecedor en mis extremidades, intentando no pensar en las radiografías que hicieron que mi madre dejase de trabajar en sus rosales y la dejaron con una expresión muy seria.

Leíste lo que te he enviado?

Claro.

Mentí.

Una pausa. Luego sigue: De haberlo hecho, q está claro q no, sabrías que las realidades dimensionales alternativas no suelen estar conectadas por objetos físicos concretos.

Charm, venga ya. He tenido un día muy largo.

Me refiero a q no hay madrigueras de conejo ni chapines colorados. Si existiera una manera de viajar entre universos, que al parecer la hay, tendría que ser algo más extraño y más cuántico q una puñetera rueca. Deja que te cuente las diez teorías más probables q he encontrado por el momento.

La veo como si estuviese a mi lado: con las piernas cruzadas en la cama de ese apartamento ruinoso de dos habitaciones que ha alquilado para pasar el verano, rodeada por un pequeño océano de artículos impresos, libros de la biblioteca y envoltorios de Smarties. Seguro que la estancia huele a café quemado, ropa limpia y marihuana, porque Charm viene a ser el prototípico universitario miembro de una fraternidad pero con tetas y con la cabeza amueblada.

El siguiente mensaje que me envía es la diapositiva de un PowerPoint titulada: *La cagaste y te perdiste en el multiverso*. El subtítulo reza: *Teoría n.º 1: resonancia narrativa*, seguido de un número nada razonable de apartados. ¿Cuántas de esas diapositivas chistosas, estúpidas y útiles habrá hecho a lo largo de los años? El penúltimo año del instituto me hizo: *Conque quieres desaparecer, ¿eh? Pues noventa razones para quedarte por aquí, capulla*. En la universidad me envió: *Conque quieres asesinar a*

81

tu compañera de habitación, ¿eh? Sugerencias prácticas para conseguir
que parezca un accidente.

Miro el techo gris y húmedo durante un rato antes de responder:
Creía que ya estabas mayorcita para lo de intentar salvarme.

Por dios, Zin. Por qué crees que me matriculé en bioquímica? Para
qué si no iba a aceptar la beca en la puñetera Pfizer? Por qué si no iba a
hacer mi tesis sobre el MAL-09?

Sé por qué. Igual que sé por qué mi padre se queda despierto hasta
tarde leyendo foros y buscando en Google experimentos médicos, o por
qué mi madre acude a las reuniones de los Niños de Roseville todos los
meses. Su amor siempre ha flotado por encima de mí como el sol, siempre
ha proyectado un resplandor ardiente al que he conseguido sobrevivir sin
mirarlo de manera directa o acercarme demasiado.

Me vuelve a sonar el teléfono.

Nunca he dejado de intentar salvarte, por lo que no te puto atrevas a
dejar de intentarlo tú también.

Me quedo mirando la pantalla sin parpadear. Las palabras resquebrajadas y emborronadas a través del mar de lágrimas. Luego Charm añade:

Me prometiste que ibas a volver.

Vuelvo a meterme el teléfono en el bolsillo y me aprieto las palmas
de las manos contra los ojos, con tanta fuerza que veo fuegos artificiales

82

por detrás de mis párpados. A los dieciséis años había intentado escapar de mi historia, pero fui incapaz. Por ese motivo dejé de lado mis sueños de vivir preciosas aventuras, de conseguir el amor verdadero y de vivir felices y comer perdices. Me puse cómoda y me senté a esperar a que me llegase la hora. Creé las reglas de las chicas moribundas y las seguí al pie de la letra. Hasta llegué a escribirle a Charm una carta muy seria de tres páginas para romper con ella. Por toda respuesta, ella me informó de que 1) yo era una gilipollas, 2) legalmente no se puede romper con tu mejor amiga y 3) las prefería rubias.

Pero se quedó conmigo. Después de todas las citas con los médicos, de todas las veces que había tenido que repetir las recetas de medicamentos, incluso después de que volviésemos a ver juntas *Gárgolas* y de que no dejase de enviarle mensajes quejumbrosos sobre mi compañera de habitación. Compadezco a todas esas otras Auroras y Rosas, las bellas durmientes que están solas en sus pequeños universos burbuja.

Ojalá yo pudiese derramarme de mi página a las suyas, como si fuese tinta. Me pregunto si no habrá sido eso más o menos lo que ocurrió. Me pregunto qué pasa cuando cuentas la misma historia una y otra vez en miles de realidades superpuestas, como un bolígrafo que recorre una y otra vez las mismas palabras sobre la página. Me pregunto precisamente a qué se refería Charm con lo de «resonancia narrativa».

Y luego tengo mi segunda idea estúpida, grandiosa y excelente. Saco el teléfono (ocho por ciento de batería) y le respondo a Charm:

Vale.

Luego:

Voy a necesitar tu ayuda.

❊ ❊ ❊

El primer guardia que visita mi celda me tiene demasiado miedo como para servirme de nada. Lo acribillo a preguntas y exigencias mientras se estremece y me pasa un cuenco lleno de una sopa verde a través de los barrotes. Vuelve a subir por las escaleras, mientras yo me quedo deambulando, haciendo planes y considerando todas las formas posibles en las que mi plan podría fracasar. La sopa se solidifica a mis pies, como una charca llena de suciedad.

El segundo guardia es mucho más duro. Rellena mi cubo de agua con unas manos que le tiemblan solo un poco. Apenas grita cuando lo agarro por la muñeca.

—¡Soltadme, criatura infecta!

—Tengo que hablar con el rey.

—¿Y por qué iba Su Majestad a querer departir con algo tan antinatural...?

—Porque tengo una última voluntad. Incluso las criaturas antinaturales merecemos un poco de dignidad a la hora de nuestra muerte, ¿no es así? ¿Antes de morir?

Me acerco a los barrotes mientras lo digo, ladeo un poco la cabeza hacia arriba e intento que me tiemble un poco el labio inferior. Es el mismo truco de la florecilla frágil y marchita gracias al cual me libré del cincuenta por ciento de las clases de gimnasia en el instituto.

Veo que el guardia traga saliva. Ya no intenta apartar la mano de la mía con tanto ímpetu.

—I-informaré de vuestra petición.

Le suelto la muñeca y bato las pestañas.

—Gracias, amable señor. ¿Puedo pedirte una cosa más?

—Podéis.

Se ha empezado a frotar el lugar donde le acabo de agarrar la muñeca.

—La boda. ¿Cuándo será?

El rey había dicho que aún faltaban tres días, pero eso fue hace siete.

Unas líneas de suspicacia empiezan a formarse en la frente del guardia, como si acabara de darse cuenta de que las bodas y las hadas malvadas son una mala combinación. No me da la impresión de que esté del todo convencido de que yo sea mala, porque responde, despacio:

—Mañana. Justo después de los rezos matutinos.

—Gracias.

Extiendo los dedos por el pecho y le dedico la mejor reverencia de la que soy capaz con los vaqueros sucios que llevo puestos. Él se tropieza contra la pared de camino a la salida de la mazmorra.

Sigo con mi deambular improductivo mientras confabulo, y me detengo solo para toser unos coágulos de mocos o algo así que intento no mirar muy de cerca. Si en este mundo hubiese radiografías, apuesto lo

que sea a que mi pecho parecería una galaxia: con ese negro propio de una persona sana moteado de estrellas blancas formadas por proteínas.

Pasan las horas. El rey no viene.

Pero aparece alguien en su lugar. Ella desciende los escalones poco a poco, mientras su falda de seda roza la piedra sucia y los anillos repiquetean nítidos y estruendosos en sus dedos.

La reina se queda de pie al otro lado de los barrotes, sola, mientras me mira con su nariz demasiado larga. Sus ojos reflejan una indiferencia acerada que me deja claro que fingir que soy una damisela en apuros de largas pestañas no me va a servir de nada. Tendría que haber reparado antes en que Prímula no ha heredado de su padre la fuerza de voluntad.

—Majestad —saludo con voz seria. La reina ni siquiera parpadea. Me humedezco los labios cuarteados—. Me gustaría solicitar una última voluntad.

—¿Y por qué deberíamos concedérosla?

Habla con un tono de voz del todo calmado, tanto que me imagino unas enormes y relucientes luces de alarma a su alrededor. Es la misma voz que mi madre usa con los médicos que me hablan con altanería o con los secretarios de los institutos que se le quejan por mis faltas.

—Porque… —empiezo a decir con mucha cautela, pero la reina me interrumpe con la misma voz atonal.

—¿Por qué deberíamos concederle algo a la criatura que maldijo a mi hija?

—Porque yo también soy la hija de alguien, sea lo que sea lo que creáis que soy. —Dios, ¿qué voy a hacer si esto no funciona? ¿Y si desaparezco del mundo de mis padres y los dejo con una ausencia terrible en lugar de un final? Siempre me parecía algo muy idealista cuando era una niña, pero tenía pensado dejar una nota, al menos—. Y mi madre no querría que pasase mi última noche rodeada de basura y oscuridad.

Algo reluce en los ojos de la reina, rojo y herido, antes de que logre aplacarlo.

—Nuestras elecciones son las que determinan nuestro destino. Todas y cada una de ellas nos dan lo que nos merecemos.

—Venga ya. Menuda mentira.

—¿Cómo os atrevéis…?

—Lo siento. Quería decir: «Menuda mentira, Su Majestad». ¿Acaso vuestra hija quiso que la maldijeran? ¿Acaso eligió casarse con ese príncipe tontaina?

La reina me fulmina con la mirada, con esa herida roja que reluce detrás de sus ojos.

—Hay ciertas obligaciones, ciertas responsabilidades, propias de su casta y alta alcurnia…

Una sospecha se apodera de mí al ver cómo la rabia consume a la reina. Me acerco a los barrotes.

—¿Tú elegiste casarte con el rey? ¿O habrías hecho algo diferente de haber tenido la oportunidad, si el mundo te lo hubiese permitido?

La reina se queda en silencio, con el rostro destrozado a causa de la rabia, o la desesperación, o puede que ambas cosas. Soy incapaz de distinguir si pretende ayudarme o prenderse fuego a sí misma. ¿Por qué ha bajado hasta las mazmorras sin sirvientas ni guardias? ¿Por qué ha respondido a mi petición? Puede que ella también espere un milagro de última hora.

—Mira —susurro, de conspiradora a conspiradora—. Dame lo que necesito y a lo mejor consigo ayudarla. A lo mejor consigo darle a tu hija la primera elección de verdad que haya tenido en toda su vida.

La reina me mira durante un buen rato. En su rostro veo el peso distante de las elecciones que no ha tomado y de las oportunidades que no ha tenido, los años duros a la espera de que el destino consumiese a su hija de la misma manera que la ha consumido a ella. La veo sopesar si convertir su amor en una jaula o en una llave.

Se pasa las palmas de las manos por el terciopelo exquisito de su traje y pregunta, con mucha naturalidad:

—¿Qué necesitáis?

❊ ❊ ❊

Llegan rosas a diestro y siniestro, transportadas por guardias desconcertados y jardineros escépticos. Da la impresión de que han podado todas las enredaderas y rosales en kilómetros a la redonda y luego han unido las flores y formado a toda prisa unos fardos para meterlos en la mazmorra y, de ese modo, cumplir con la última voluntad del hada. Seguro que piensan que me he vuelto loca. Tal vez estén en lo cierto.

Cuando el eco de los últimos pasos empieza a perderse escaleras arriba, mi celda tiene el aspecto de un invernadero descuidado: hay rosas que brotan en cada esquina, por las paredes y contra los barrotes. El suelo está cubierto por una alfombra de pétalos caídos. El aire huele a verde, intenso y dulce, como si fuese verano. Como mi hogar.

Me tumbo en la piedra dura mientras la humedad empieza a colarse por entre mis vaqueros. Los pétalos se me pegan a la cara externa de los antebrazos. Compruebo el teléfono para ver si Charm me ha respondido, si ya está en la torre, si las rosas siguen ahí…, pero emite un balido definitivo y agotado antes de que la pantalla se quede en negro.

Lo único que puedo hacer en ese momento es quedarme dormida. Me cuento un cuento de hadas a mí misma, igual que hacía cuando era pequeña; me imagino una pluma enorme e invisible que recorre las mismas letras una y otra vez, mientras la tinta se filtra a las páginas de debajo.

Empiezo por el final:

«Érase una vez una princesa que dormía rodeada de rosas».

8

No sé cuándo empiezo a soñar, suponiendo que se trate de un sueño. ¿Cómo se llama esa nada enorme que descansa entre las páginas del universo, ese lugar tenue como un susurro que no está en ninguna parte y que espera donde termina una historia y empieza otra?

El mundo que alcanzaba a ver con el rabillo del ojo se difumina. Sopla una brisa silenciosa.

Veo a una mujer que duerme en el dormitorio de un castillo, con las ventanas cubiertas de zarzas.

Veo a una mujer de hombros anchos y con armadura que duerme en la cima de una montaña, rodeada por escudos y llamas. Tiene la nariz torcida y llena de cicatrices. Frunce el ceño mientras duerme.

Veo a una mujer que duerme en un ataúd de cromo; el blanco de la escarcha le cubre el marrón oscuro de la piel. Un casco de metal es lo único que la separa de la negrura moteada de estrellas del espacio.

Veo a una mujer que duerme entre las rosas silvestres de las profundidades del bosque, con el pelo corto y una mano posada sobre la empuñadura de una espada.

Veo a muchas mujeres que duermen en torres y en casas, en áticos y en lagos, en camillas de hospital y en naves espaciales. Algunas tienen un sueño apacible, como si hubiesen aceptado su destino, pero otras parecen haberse enfrentado a las adversidades de ese mismo destino y dan la impresión de estar preparadas para tomarse la revancha. Todas están solas.

Menos yo, porque yo tengo a Charm. La veo dormir encima de un edredón mugriento en la torre de guardia abandonada de la ruta 32. Aún la rodean cubos y jarrones llenos de rosas, con los bordes ennegrecidos a causa del tiempo y las hojas consumidas. La parte decolorada de su pelo está desperdigada detrás de su cabeza, como si fuese una aureola, y un tutú deforme le rodea los vaqueros. El oro falso de la corona de plástico que me dio el día de mi cumpleaños reluce en su frente. Le dije que se vistiese como una princesa, y supongo que ha hecho todo lo posible.

Me siento tan aliviada al verla que casi me despierto de ese sueño que no es tan sueño. No estaba segura de que fuese a funcionar, ya que, en realidad, Charm no es una bella durmiente. Pero ella tiene una madre y un padre que anhelaban tener una hija y compartió mi maldición conmigo durante casi veintiún años. También acaba de subir a la torre más alta de aquel lugar para dormir rodeada de rosas. Seguro que con eso basta.

O puede que... Le miro la mano, aferrada aún con fuerza al teléfono, a la espera de mi siguiente mensaje. O puede que seamos una parte tan intrínseca de nuestras historias que las leyes de la física se retuerzan para nosotras. Solo un poco.

Charm abre los ojos. Veo mi nombre en sus labios. Extiende la mano hacia mí y yo hago lo propio. Y sé, sé de verdad que podría escapar de ese mundo de cuento de hadas falso y volver al mío. Podría regresar a casa y mandar a freír espárragos a Prímula, al príncipe Harold y a todos los roles de género medievales de mierda.

Pero le hice una promesa a la reina, le prometí que intentaría cambiar el destino de su hija, que Prímula no estaría sola. Y puede que las reglas de las chicas moribundas sean una basura y que, en lugar de intentar no morir, sería mejor intentar vivir.

Mi mano se posa en la de Charm y tiro de ella hacia mí. Siento cómo su cuerpo se coloca junto al mío en el suelo de la mazmorra y huelo el tenue aroma químico a cítricos de su cabello, pero me quedo en ese remolino entre mundos. Contemplo los cientos de bellas durmientes, atrapadas y maldecidas, atadas y enterradas. Solas. Me pregunto si serán capaces de oírme siquiera, y si alguna de ellas responderá a mi llamada. Me pregunto si tendrán ganas de escapar de sus historias.

El vacío entre mundos mordisquea mis extremos y rasga mis fronteras. No sé qué ocurrirá si me quedo allí durante demasiado tiempo, pero supongo que será lo mismo que les ocurre a los carboneros que se quedan demasiado tiempo en los motores de los aviones. Extiendo la mano en dirección a todas las princesas durmientes y susurro la palabra que me trajo al mundo de Prímula, la que hizo descarrilar nuestras historias: «Ayuda».

Vuelvo a caer en el suelo frío de la celda, rodeada por rosas y podredumbre. El último pensamiento adormilado antes de dormirme de verdad, o de caer en coma, posiblemente, es que algunas de las bellas tienen que haberme oído.

Porque algunas han respondido.

❀ ❀ ❀

Unas manos me agitan los hombros. Una voz, una que conozco mejor que ninguna otra en el mundo, pronuncia mi nombre.

—Zinnia Gray. No me he teletransportado a otra dimensión para verte morir. Despierta.

Abro los ojos y veo el mismo rostro que he visto al despertar cientos de mañanas de sábados desde segundo de primaria: Charmaine Baldwin. Se alza sobre mí con gesto preocupado y el pelo alborotado. Le dedico una sonrisa asimétrica.

—Buenos días, princesa.

Apoya la frente contra la mía durante un breve instante.

—Gracias a Dios.

Me incorporo despacio, dolorida y rígida. Siento al mismo tiempo como si tuviese resaca y aún estuviese borracha. En ese momento veo que mi lista de ayudantes ha aumentado de manera significativa mientras dormía: ahora hay cuatro mujeres hacinadas en esa celda estrecha y llena de rosas.

Charm está sentada con las piernas cruzadas, el tutú arrugado sobre el regazo y la cabeza inclinada hacia atrás para apoyarla en los barrotes. El alivio la ha hecho cerrar los ojos. La joven del pelo corto, con la espada y esa mandíbula testaruda que me recuerda a todas las protagonistas jóvenes de los años noventa; la princesa espacial negra, que lleva un traje plateado, tiene expresión escéptica y parece salida directamente de una historia de ciencia ficción; la vikinga blindada cuyo nombre probablemente sea algo parecido a Brunhilda y cuyos hombros son más anchos que los de las otras tres juntas.

Todas han respondido a mi llamada. Todas han salido de sus historias para salvar a otra persona. Todas se me han quedado mirando.

—Esto... —empiezo a decir, con tono optimista—. Gracias a todas por venir. —Confío en la lógica de cuento de hadas de este mundo para que todas entiendan lo que digo—. Creo que todas sois... Bueno, creo que todas somos versiones de la misma historia, contadas en realidades diferentes. Veréis, el universo es como un libro, y contar una historia es lo mismo que escribir en una página. Y, si una historia se cuenta las veces suficientes, la tinta las atraviesa.

Charm emite un sonido tenue e incómodo a causa de lo absurdo en términos científicos que es lo que acabo de explicar. Las otras bellas se me quedan mirando. Veo que no parpadean, como si lo hiciesen al unísono.

—Entonces nosotras somos..., ¿la tinta? ¿Eso es una metáfora? —Es la princesa espacial, cuya mirada escéptica ha subido varios niveles de intensidad.

—¿Sí?

Charm me rescata, como es habitual.

—¿No tenemos que detener una boda? ¿No hay que salvar a una princesa?

—Ah, cierto. Hay otra de nosotras aquí. La maldijeron cuando se pinchó el dedo con el huso de una rueca y quedó sumida en un sueño de cien años. —Una serie de asentimientos aciagos por parte de las bellas—. Pero resulta que la maldición se le lanzó para salvarla de un matrimonio horrible. —Al menos dos de ellas vuelven a asentir con gesto serio—. Y es probable que ella se encuentre ahora mismo en el altar. Esperaba que pudieseis ayudarme a sacarla de ahí para rescatarla.

Se hace un silencio lacerante mientras intercambian una serie de miradas. La heroína típica de los años noventa ladea la cabeza y me mira.

—¿Y después nos enviarás a casa?

—O a cualquier otro lugar al que queráis ir.

· Eso, si soy capaz de conseguir otro de esos momentos con la resonancia narrativa suficiente. Pero decido no asustarlas con los detalles incompletos de mi plan también incompleto.

La vikinga me dedica un encogimiento de hombros sin palabras, se echa las trenzas rubias por detrás de un hombro y se gira para encarar los barrotes de la puerta. Aferra sus puños llenos de cicatrices a ellos, y veo cómo se le inflan los músculos de la espalda. Los tendones le sobresalen por los brazos.

No me da tiempo de pensar «ni de puta coña», ya que antes de que pueda hacerlo el metal cede con un largo gruñido de sumisión. Los barrotes empiezan a retorcerse bajo sus puños, se doblan despacio hacia dentro. En ese momento, un relámpago azul pasa a toda velocidad junto a mi oreja. Sisea a través del acero como un escupitajo que atravesase un pañuelo de papel, y solo deja a su paso un agujero aserrado y un tanto humeante donde antes estaba el cerrojo. La vikinga suelta los barrotes. La puerta se abre con resignación.

Nos giramos al mismo tiempo hacia la princesa espacial, que enfunda algo brillante de cromo que bien podría ser un bláster, o un arco de plasma. Oigo que Charm susurra un «hostia puta» en tono reverencial.

Subimos por las escaleras en fila, mientras botas, zapatillas y pies descalzos repiquetean contra la piedra. Un par de guardias se han apostado en la parte superior, con las manos inmóviles alrededor de las lanzas, de ningún modo preparados para hacer frente a la legión de princesas renegadas que se abalanzan hacia ellos como un grupo disparejo de valquirias.

En menos de diez segundos, Brunhilda y la joven de la espada los tienen arrodillados, desarmados, gimoteantes y con sus propias armas apuntadas hacia sus cuellos. Me inclino y le dedico un breve saludo con la mano.

—Hola. Perdón. ¿Dónde está la capilla? Tenemos un «y comieron perdices» que detener.

93

Pasa un segundo incómodo en el que me da la impresión de que están a punto de desmayarse antes de responder, pero uno de ellos traga saliva a pesar de la punta de lanza que tiene al cuello y levanta un dedo tembloroso. Les doy mi más sincero agradecimiento, antes de que Brunhilda golpee uno contra el otro los yelmos que protegen sus cabezas, como si fuesen campanas de latón. Se deslizan pared abajo y recuerdo, emocionada, las versiones de esta historia en las que todo aquel que habite en el castillo cae dormido a la vez que su princesa, y eso incluye tanto a reyes como a cocineros y ratones que salen de las paredes.

Charm avanza por el pasillo y yo la sigo, y poco después las cinco corremos a toda prisa en dirección a la boda, como si fuésemos un grupo de últimas oportunidades o de milagros de última hora, como giros de guion de una historia que se ha contado demasiadas veces.

❋ ❋ ❋

Obviamente, podríamos haber aparecido en la boda en el momento equivocado: diez minutos antes, cuando los invitados aún no han terminado de sentarse en los bancos, o media hora después, cuando la capilla empieza a vaciarse y el príncipe nada azul ya se ha llevado de allí a la princesa.

Pero estamos en un cuento de hadas, y los cuentos de hadas tienen una lógica interna que respetar.

Doblamos la última esquina y vemos un par de puertas arqueadas que están abiertas. Algo parecido a un latín ceremonial brota desde el otro lado y resuena por las paredes de piedra. Me acerco de puntillas al umbral y echo un vistazo. La estancia es más pequeña de lo que esperaba, con una docena de filas de bancos alineados debajo de un techo abovedado. La luz matutina se proyecta por una única ventana circular, e ilumina a la novia y al novio en el estrado que hay debajo.

La princesa Prímula parece un ser divino, la Venus de Botticelli pero vestida. Tiene el pelo dorado y lustroso debajo del más fino de los velos, y el traje que lleva es de un rosado intenso, justo el mismo tono que sus labios. Su rostro es del marfil más frío.

El príncipe Harold tiene un aspecto ridículo. Lleva esos bochornosos pantalones medievales que se abomban a la altura de la rodilla y mira a Prímula de la misma manera en que un hombre miraría a su palo de golf favorito, con un afecto propio de la posesión.

La cabeza de Charm aparece junto a la mía, y suelta un silbido silencioso.

—Es ella, ¿verdad?

—Sí. —Me aparto de la puerta y me muerdo el labio—. No recuerdo si en la época medieval se decía eso de «que hable ahora o calle para siempre» o es uno de esos inventos victorianos, como la homofobia o que las novias vayan de blanco. Deberíamos esperar o…

Pero Charm ha dejado de escucharme y ha empezado a moverse. Se abre paso por las puertas de la capilla y recorre el pasillo como una modelo con mala leche, un *deus ex machina* con vaqueros negros.

—¡Eh! —Su voz rebota hacia la congregación desde el techo abovedado, más estruendosa. Los cánticos en latín se detienen de repente. Charm se mete las manos en los bolsillos y encoge un hombro, con la cabeza alta—. Me opongo. O como se diga.

Lo único que rompe el silencio es el rumor del satén cuando los lores y las damas reunidos se agitan en los asientos para mirar a Charm. El tatuaje de Superman les sonríe.

Prímula se gira despacio en el estrado, con el rostro lleno a rebosar de una esperanza desesperada y dolorosa, el tipo de esperanza que ha muerto al menos una vez y empieza a resurgir de sus cenizas. Mira a Charm y esa esperanza estalla con un ardor llameante.

Observo el trono que se encuentra detrás de la princesa, el lugar donde se sienta su madre. La reina parece sorprendida, como tiene que ser, valiéndose de una de las manos para taparse con delicadeza la boca abierta. Pero tras su sorpresa, veo un eco de la misma esperanza que arde en el rostro de su hija, como si se le reflejasen las llamas.

Los guardias se agitan en las paredes, y sus armaduras pulidas repiquetean con torpeza. Doy por hecho que el adiestramiento de los guardias no los ha preparado para enfrentarse a rubias con el pelo decolorado que interrumpen las bodas reales, porque todos miran con impotencia en dirección al estrado, a la espera de órdenes.

El rey consigue hablar:

—¿A qué esperáis? ¡Aprehended a la intrusa!

Hago un gesto con la cabeza para llamar la atención del resto de bellas que titubean como yo, al otro lado de la puerta.

—Es nuestro turno, señoras.

La heroína de los años noventa me tira una lanza que ha robado a los guardias de la mazmorra y aferra la espada transversalmente. La princesa espacial desenfunda el bláster y hace algo complicado con los diales y los botones que tiene en un lado. Brunhilda se cruje el cuello y me dedica una sonrisa breve y ominosa.

Entramos en la capilla después de Charm, como una horda de inadaptadas muy bien armadas. Agito mi lanza con todo el entusiasmo que me permiten mis músculos escuálidos y carentes de oxígeno, que no es demasiado, pero al parecer no importa mucho. Nuestra llegada ha cogido tan por sorpresa a los guardias que dan la impresión de estar paralizados y se han quedado con la boca abierta.

—¡Vamos, Prímula!

La princesa se recoge la gigantesca falda con las dos manos y baja del estrado antes de que el príncipe Harold intente agarrarla por la muñeca. La tela de la manga se arruga bajo el puño de Harold cuando el príncipe la aferra con fuerza.

Prímula se da la vuelta para plantarle cara, con ese cabello dorado agitándose detrás de ella y con la corona torcida. La princesa perfecta de porcelana ha desaparecido, y da paso a una persona más enfadada, agotada y mucho menos dispuesta a tolerar estupideces.

—Soltadme —espeta.

Si Harold tuviese al menos la inteligencia que Dios les dio a los perros salchicha, le habría hecho caso. Pero no la tiene.

Prímula cierra los ojos por un momento, o bien para tranquilizarse, o bien para dejarse llevar por la situación. Luego le pega un puñetazo en la cara. No sé mucho sobre combates cuerpo a cuerpo, pero me queda muy claro que nunca antes le ha pegado a nadie en la cara. También me queda claro que es la primera vez que alguien le da un puñetazo al príncipe Harold. Se tambalea hacia atrás con un aullido inhumano, luego suelta la muñeca de Prímula y se lleva ambas manos a la cara.

Prímula parece hastiada y exaltada cuando se da la vuelta, más pálida de lo habitual. Se tropieza con el dobladillo del vestido y cae hacia delante, pero de alguna manera Charm está preparada a su lado, con los brazos extendidos. Coge a la princesa en el aire, como un caballero que agarrase a una damisela recién desmayada en una de esas películas cutres de Hollywood.

Charm baja la vista para mirar a Prímula, con los brazos bien ceñidos alrededor de su cintura, y la princesa alza la vista para mirarla a ella, con una mano apoyada con delicadeza en la clavícula. Las dos se quedan así tanto tiempo que supongo que se han olvidado de la capilla llena de gente en la que nos encontramos, de los guardias que están a punto de alcanzarnos, de todos los que habitan la infinidad de universos, excepto de ellas mismas. No sé si creo en el amor a primera vista en el mundo real, pero ahora no estamos en el mundo real, ¿no?

Me alejo de las otras bellas para colocarme detrás de Charm y digo:

—Tenemos que irnos, ¿eh?

—Vale.

97

No sin dificultad, Charm se aparta un poco de la princesa y coge a Prímula de la mano. Yo me quedo por allí lo suficiente como para alzar la vista hacia la reina y dedicarle un saludo definitivo y muy alejado de cualquier gesto militar. Ella me lo devuelve con un asentimiento milimétrico, similar al de un capitán que ha decidido quedarse dentro de su navío.

Me doy la vuelta, pero justo en ese momento el príncipe Harold dice, con voz grave y retumbante, a través de su nariz hinchada:

—No entiendo nada.

Tiene la mirada fija en Prímula y Charm, justo en las manos que acaban de darse, que se cogen con tanta fuerza que parecen una única criatura.

—A ver si te enteras, Harold —digo con suavidad—. Son lesbianas.

El príncipe me mira con los ojos entrecerrados, desconfiados e insulsos de un hombre del que se han burlado más de una vez cuando no conoce el significado de una palabra.

98

—¡Guardias! —aúlla de nuevo el rey, pero, fuera cual fuese la orden que estaba a punto de dar, queda interrumpida por un leve grito ahogado de la reina. Da la impresión de haberse desmayado, calculando a la perfección la caída sobre el regazo de su marido.

Sería una pena desperdiciar los segundos que acaba de hacernos ganar. Me acerco a mis compañeras bellas durmientes y avanzamos otra vez por el pasillo, rodeadas por los siseos azules de los disparos del bláster y el repiqueteo de las espadas al entrechocar. Un guardia más listo de lo normal ha cerrado y atrancado la puerta de la capilla, pero no ha tenido en cuenta el ancho de los hombros de Brunhilda, ni la circunferencia de sus bíceps. La puerta casi ni interrumpe la carrera de la vikinga cuando la cruza.

Las cinco corremos por el pasillo, y yo agarro a la princesa por la manga.

—¡Prímula! Tenemos que regresar a la torre. ¿Puedes guiarnos?

—Y-yo… No lo sé. No estoy dormida, por lo que no sé si la maldición…

—No has dejado de enfrentarte a ella, ¿verdad? Solo podía apoderarse de ti mientras dormías. Pues ahora necesito que dejes de luchar.

Prímula da la impresión de estar a punto de decirme que la cosa no funciona así, que es imposible, pero hace una pausa. Echa un vistazo a las cuatro bellas durmientes interdimensionales que tiene alrededor, armadas con espadas y lanzas y blásteres del espacio, y veo que empieza a replantearse su definición de lo que es posible y de lo que no lo es.

Cierra los ojos. Charm le aprieta un poco la mano, como para animarla.

No me había dado cuenta de lo tensa que estaba hasta ese momento, de que no había bajado la guardia, pero luego la veo tranquilizarse. Relaja los hombros. Deja caer los brazos por los costados. Cuando abre los ojos, son del verde intenso y turbado de las cuevas submarinas.

Nos mira una a una, con ojos soñadores, casi ebrios.

—Seguidme.

99

9

La seguimos. Escaleras arriba y a lo largo de pasillos, corriendo entre sombras densas y haces de luz solar moteados de polvo, con gritos de alarma detrás de nosotras.

Al principio corro al ritmo de las demás, pero empiezo a notar algo tirante y extraño en el pecho, como si mis órganos se hubiesen convertido en un par de puños desastrados. Mis pulmones son poco más que sacos de arena mojada, y noto el pulso como un reloj que no deja de resonarme en las orejas.

«Ahora no —suplico—. Por favor, dame un poco más de tiempo.»

Me reiría de mí misma si tuviese algo de aliento que desperdiciar. Es algo que siempre he querido y que nunca podré tener.

Siento cómo me tiemblan las piernas, agotadas por la falta de sangre y de oxígeno. El resto de bellas pasan a toda velocidad junto a mí, y yo resuello detrás de ellas, demasiado asfixiada como para pedir ayuda, o incluso para soltar un taco. La distancia que nos separa es cada vez mayor. Doblan una esquina y yo me debato entre intentar arrastrarme más rápido o descansar por unos momentos contra el muro apetecible que tengo al lado. En ese instante, oigo decir a Charm:

—Todas quietas, joder. ¿Dónde está Zin?

Me apoyo en la pared y dejo que el frío de las piedras se filtre por mi camiseta. Un enorme par de botas aparece en mi campo de visión.

—Ah. Hola, Brunhilda. Si es que ese es... tu... —Tengo que parar en mitad de la frase para coger aire. No soy profesional de la medicina, pero algo me dice que las cosas no van bien—. ... nombre.

—Me llamo Brünhilt. —Una mano se apoya en mi hombro, amplia y cálida—. ¿Puedo?

Es la primera vez que la oigo hablar. Tiene una voz sorprendentemente aguda, como el chillido de un halcón a lo lejos.

Estoy muy segura de que asiento, porque lo siguiente que noto es un par de brazos que me recogen y me levantan, y el chirrido de una armadura contra mi mejilla. Mi cuerpo se sacude con cada paso, pero el dolor es inocuo, casi placentero, comparado con el que siento en el pecho. Al fin y al cabo, los arañazos terminan por curarse.

El rostro preocupado de Charm flota sobre mí.

—¿Zin?

—No pasa nada —la tranquilizo, pero mi aliento silba de forma extraña en mi garganta. Eso no parece consolarla.

Unos repiqueteos resuenan por el pasillo, pies ataviados con botas y piernas cubiertas por armaduras que se acercan.

—Prosigamos, ¿vale?

No oigo la respuesta de Charm, pero Brünhilt empieza a moverse otra vez. Intento alzar la vista en un par de ocasiones para mirar lo cerca que están los guardias o si vamos lo bastante rápido, pero todo se agita y se mueve y también me duele, así que al final desisto y me apoltrono en los brazos de Brünhilt. Una apatía espesa y agobiante se extiende por mis extremidades, poco a poco, y, de manera gradual, quedo sumida en el sueño.

Me cuento un cuento a mí misma para permanecer despierta:

«Érase una vez una princesa a la que maldijeron para que durmiese durante cien años».

Abro los ojos y veo el resplandor borroso del cabello de Prímula mientras sube los escalones de la torre, con la espalda recta y la corona bien puesta, una princesa que se ha negado a entrar dócilmente en esa buena noche.

«Érase una vez una princesa que pidió ayuda.»

Y yo fui la que respondió. Todas respondimos. Seguimos los hilos solitarios de nuestros cuentos a través de la vastedad de la nada del universo y encontramos el camino hasta aquí, hasta esta torre, para salvar al menos a una princesa de su maldición. Siempre me ha ofendido que la gente intente salvarme, pero puede que las cosas funcionen así, puede que tengamos que salvarnos las unas a las otras.

Reparo en que Brünhilt ha dejado de subir antes de que Charm diga, con tono indeciso:

—¿Zin? —Intento responder, pero solo consigo emitir un ruido similar al de un desatascador en un sumidero obstruido—. ¿Se supone que tenía que haber algo aquí arriba? ¿Una rueca o algo así?

La voz de Charm suena agobiada.

Me zafo de los brazos de Brünhilt y me incorporo sobre mis piernas temblorosas e inestables. Ella no me quita la mano de la espalda, lista para agarrarme, y yo no confío lo bastante en mí misma como para apartarme. Parpadeo mientras echo un vistazo por la torre. Solo hay piedras lisas y cinco bellas durmientes, con expresiones que reflejan cinco variantes diferentes de: «¿Y ahora qué hacemos, tía?».

103

No hay rueca. Un guardia fastidioso incluso se ha llevado los restos resquebrajados de la que Harold destrozó. ¿No tendría que haberse recompuesto como por arte de magia durante nuestra ausencia? Mi plan eran pincharme el dedo en algo y quedarme dormida, con la esperanza de que eso bastase para devolverme a ese multiverso rotatorio. Pero ¿qué narices voy a hacer ahora?

Oigo el retumbar distante de unas botas en las escaleras de caracol de la torre. No disponemos de mucho tiempo, y si nos capturan no podremos hacer ningún pacto secreto, ni poner en marcha una fuga milagrosa. Me imagino cómo obligan a la heroína de los años noventa a ponerse una falda y le quitan la espada; a Brünhilt, encadenada; a la princesa espacial, sin esa armadura de cromo y plata, atrapada para siempre en un planeta en vez de estar navegando por las estrellas; a Prímula, aprisionada por sus sábanas de seda; a Charm, incapaz de salvarla.

Me gustaría salvarnos a todas de las historias que nos han tocado vivir, pero tendría que haber sido más sensata: hay finales peores que dormir durante cien años.

El dolor estalla en mis rótulas, intenso y repentino. Me castañetean los dientes. Solo reparo en que me he caído al suelo cuando oigo a Charm soltar un taco. Siento su brazo que me rodea los hombros, y Prímula se arrodilla junto a mí por el otro lado. Me gustaría decirles que lo siento. Hago todo lo posible, pero la opresión que siento en el pecho comienza a asfixiarme. Mi pulso ha perdido el ritmo regular de un reloj y resuena en mis oídos como si de los cascos de un caballo se tratase. La oscuridad empieza a extenderse por toda mi visión periférica.

El suelo se balancea en mi dirección, o puede que yo me balancee en dirección al suelo; y luego noto la mejilla apoyada contra la piedra fría. Parpadeo una vez y miro, débil, las botas, las zapatillas y los pies descalzos de las bellas que me rodean. Supongo que al final he conseguido una muerte histriónica, despatarrada en lo alto de la torre más alta, pálida y frágil como cualquiera de las princesas de Rackham. Pero mucho menos solitaria, eso sí.

Veo algo justo antes de que se me cierren los ojos: una astilla estrecha tirada en el suelo. Solitaria y de madera oscura; bien podría haber pertenecido a una rueca.

104

«En la versión original no era una rueca.»

Siento cómo los labios se apartan de mis dientes para formar una sonrisa pálida. He leído suficientes novelas de fantasía como para reconocer una última oportunidad cuando la tengo frente a mis ojos. Esta es la parte en la que aúno todas las fuerzas que me quedan, en la que recurro a todas mis reservas de fortaleza que no sabía que tenía para extender los dedos adormecidos en dirección a la astilla. Me pincharé el dedo con mi último aliento y nos devolveré a todas a ese espacio entre historias, donde todas las bellas llorarán agradecidas y admiradas mientras escapan hacia las nuevas narraciones que ellas decidan, y yo me sumiré en el sueño final a sabiendas de que he hecho algo útil...

Pero lo cierto es que no me quedan fuerzas que aunar. No tengo la convicción, ni la esperanza ni el amor necesarios para evitar que se me detenga el corazón o que mi cerebro privado de oxígeno deje de funcionar.

Mi mano se limita a rozar la astilla. En ese momento, mi visión pasa a ese negro definitivo que podría ser el de una película en el cine antes de que empiecen los créditos. Y me siento caer, caer hacia ese sueño sin sueños que no tiene fin.

Lo último que oigo es mi nombre, pronunciado con una voz que suena como un corazón al romperse. Tan solo puedo pensar en lo irónico que resulta, en lo graciosísimo que es que Charm se haya pasado la vida tratando de salvarme y que yo haya intentado salvarla con mi muerte, y que ambas hayamos fracasado de una manera tan estrepitosa. Joder.

10

Supongo que estoy muerta. Otra vez.

Es cierto que percibo una luz grisácea que se cuela entre mis párpados, y unas sábanas rígidas debajo de mi piel, pero lo achaco a los fallos sensoriales fortuitos de un cerebro moribundo. Otro tanto cabe decir del suave rechinar de unas zapatillas ortopédicas sobre el suelo encerado y el pitido distante de unas máquinas. Pero lo que resulta imposible de obviar es el olor: desinfectante de manos y sufrimiento humano. Tengo muy claro que ninguna versión del cielo alberga salas de hospital.

Abro los ojos. Veo un techo panelado por encima de mi cabeza. Una pizarra con el nombre del personal de enfermería que tengo asignado y una carita feliz escrita con rotulador azul. El frío invasivo del tubo de oxígeno debajo de la nariz y la punzada de una vía en la cara interna del codo. La ventana es de las que no se pueden abrir, industrial, y no se parece en nada a las troneras por las que se dispara con el arco en las torres de los castillos.

Conozco las habitaciones del hospital de mi zona. Estoy en la uci del Riverside Methodist Hospital, en el norte de Columbus.

Se me ocurre que una de las posibles explicaciones para los siete días que he pasado atrapada en un cuento de hadas es que me desmayé durante la noche de mi vigésimo primer cumpleaños y que llevo toda la semana conectada a una vía, alucinando sin control sobre princesas y hadas que no son tan malas. Pienso que quizá forme parte de una de esas historias tramposas tipo *Mago de Oz* en las que la chica se despierta en el último capítulo y todo el mundo le asegura que ha sido un sueño.

Pero, entonces, ¿por qué agarro con fuerza una fina astilla de madera? Aprieto el pulgar contra la punta del resto de dedos en busca de sangre o de heridas. No encuentro ninguna.

—Hola, cariño.

Una voz suena con tono serio a causa del agotamiento, pero está cargada de alivio.

¿Cuántas veces me he despertado en una cama de hospital y he oído la voz de mi padre? ¿Cuántas veces he girado el cuello rígido para ver a mis padres inclinados sobre mi cama con arrugas de preocupación en sus rostros y aferrando tazas de cartón de café aguado?

—Hola. —Mi voz suena como si saliese del interior de un órgano oxidado, como un resuello desmigajado—. ¿Dónde está el príncipe azul que yo soñé?

Es el mismo chiste que hago siempre que me despierto después de una operación o de cualquier otra intervención médica. Mi padre suele poner expresión de «¿No ves que te estoy mirando con ternura y amor?», y mi madre pone los ojos en blanco y luego lo despeina un poco, y sé que al vernos así el fuego siempre enciende su corazón.

En esta ocasión, ambos rompen a llorar. Mi padre es el llorón oficial de la familia. Le pidieron que hiciera el favor de «controlarse o salirse de la sala del cine» durante los últimos veinte minutos de *Coco*, pero en esta ocasión mi madre llora con las mismas ganas, se le agitan los hombros y se enjuga las lágrimas con los nudillos.

—Eh, eh —digo con brusquedad. Y luego se colocan como pueden en la cama junto a mí y unimos las frentes, y yo también empiezo a llorar. He pasado la última semana (o a lo mejor han sido los últimos cinco años) tratando de evitar que me asfixie el peso de su amor. Y en momentos como este no me parece demasiado asfixiante.

Los acerco un poco más a mí, y coloco mi cabeza en el hueco que queda debajo de la clavícula de mi padre, igual que hacía cuando era pequeña, cuando mi muerte parecía algo muy lejano y ninguno de nosotros la temía. Nos quedamos así un buen rato, estremeciéndonos y resoplando el uno junto al otro. Mi madre me acaricia el pelo de la frente.

Empiezo a hacerme preguntas, que revolotean por mi cerebro como esos anuncios que ondean detrás de los aviones en la playa. ¿Cómo he llegado hasta aquí? ¿Por qué no estoy muerta? ¿Aún estoy en peligro?

No les presto demasiada atención a la mayoría de ellas. Solo me preocupa una cosa (bueno, cinco cosas, técnicamente). Me separo de mis padres.

—¿Charm está por aquí? O…

No sé cómo terminar la frase. No sé si decir «Charm o algún personaje mitológico o princesa Disney». Pero no es necesario.

La cortina que hay entre mi cama y la contigua se abre con gesto histriónico. Y allí está: casi un metro setenta de buen porte, una persona sensiblera de pelo decolorado. Charm. Me dedica una sonrisa que pretende pasar por despreocupada pero que delata un inmenso alivio, y después tira de alguien para que yo la vea. Es alta y esbelta, con ojos enormes y unas muñecas frágiles que sobresalen por las mangas de la chaqueta de cuero de Charm. Tardo más de lo que debería en reconocerla.

—¿Prímula? ¿Cómo…?

Una sonrisa atolondrada y desamparada cruza el rostro de la princesa mientras Charm se acerca a los pies de la camilla y se sienta con naturalidad junto a mis tobillos.

—Buenos días, guapa.

Oigo como alguien carraspea al otro lado de las cortinas y luego dice:

—¡El máximo de visitas permitidas es de tres personas!

Con el tono de voz alegre pero inflexible del personal de enfermería que tiene por delante un turno de doce horas y que no está nada interesado en enfrascarse en discusiones insolentes.

Mi madre y mi padre se ponen en pie.

—Os daremos unos minutos —susurra mi padre, y luego los dos rodean a mis princesas y salen al pasillo, con las tazas de cartón aún en las manos.

Pulso el botón que eleva el respaldar de la camilla.

—Hola.

—Hola —dice Prímula con mucha cautela—. ¿Cómo estás?

Suena como una turista que haya memorizado las frases típicas del lugar de una guía.

Me coloco bien el tubo de oxígeno que tengo debajo de la nariz.

—Viva, así que se podría decir que bastante bien. —Y, mientras lo digo, comprendo hasta qué punto es cierto: estoy cansada y también un poco agarrotada, pero mi corazón late de manera regular en mis oídos y mis pulmones se llenan y se vacían con facilidad, con naturalidad, como si fuesen capaces de hacerlo hasta el fin de los tiempos. La esperanza se agita en mi pecho, una costumbre que al parecer soy incapaz de quitarme—. ¿Cómo hemos vuelto?

—Te sumiste en un sueño maldito —responde Prímula con seriedad. Supongo que así es como se diría un «coma hipóxico provocado por una amiloidosis avanzada» en el idioma de los cuentos de hadas—. Y yo...

Prímula se ruboriza y yo me quedo hipnotizada por las manchas de tonalidad fucsia que le brotan en las mejillas. Siempre he creído que está perfecta en cualquier situación.

—¡Y te besó! ¡A ti! —Charm niega con la cabeza con repugnancia impostada—. Lo que supongo que sirvió para activar la resonancia narrativa entre universos. Al parecer, los cuentos de hadas son bastante flexibles con el tema de los roles de género.

Una joven maldita que duerme en una torre, y un heredero al trono inclinado para besarla. ¿Y si dicho heredero fuese una princesa en lugar de un príncipe? ¿Y si entre ellas hubiese una incómoda tensión sexual en lugar de amor verdadero? Bueno, hay muchas maneras de contar los cuentos, ¿no?

Paso el pulgar por la astilla que tengo en la mano, la última e inútil esperanza que no hizo nada para salvarme.

—¿Y las demás? ¿Qué les ocurrió?

Charm hace un ademán místico con los dedos.

—Cada una de ellas siguió su camino por la autopista cósmica que discurre entre los mundos, tía. —Le propino una patadita para que no se flipe tanto—. Ese remolino de oscuridad nos atrapó a todas; el vacío entre universos, supongo. Y las demás princesas eligieron un cuento al que regresar. Creo que la señora criogénica espacial y la vikinga volvieron a casa, pero la joven de pelo corto que portaba la espada fue a otro lugar. Me dio la impresión de que era la más aventurera.

Me la imagino lanzándose de cabeza en dirección a otra bella durmiente que no sabe lo que le espera, como una protagonista obstinada que está a punto de sembrar el caos para bien. Siento cómo se me hace un nudo en el estómago. A lo mejor es por el arrepentimiento. O por la envidia.

Prímula termina de contar lo ocurrido.

—Charmaine te trajo a este mundo y yo la seguí. Aparecimos en la torre de un castillo abandonado. —Supongo que se refiere a la torre de vigilancia de la penitenciaría estatal—. Y Charmaine reclamó ayuda. —¿Llamó a una ambulancia?—. Porque no te despertabas. Por un momento pensé que estabas… Muerta.

—Sí, yo también —le digo—. Y la estadística asegura que no tardaré en estarlo.

Intento decirlo con naturalidad, tal y como lo hacía antes, pero no me sale igual. Aún tengo una chispa de esperanza en el pecho, una chispa que me arde en la garganta.

Charm frunce el ceño al oírme. Ladea la cabeza.

—¿No te lo han dicho? —pregunta, y mi esperanza estalla en llamas. Me quedo sin habla. No puedo respirar y casi ni pensar, iluminada por la hoguera en la que se han convertido mis anhelos, mis veintiún años de ansias reprimidas, de querer más: más vida, más tiempo, más todo. Por primera vez en mi vida, me permito creer en la posibilidad, por remota que sea, de que esté curada.

Y, justo en ese momento, Charm dice:

—A ver, no es que estés curada ni nada de eso, pero…

Y la llama se extingue como ascuas bajo una bota. No oigo el resto de su discurso porque bastante tengo con tratar de rebobinar el mundo y volver a la alegre ignorancia en la que vivía hace solo dos segundos, cuando creía que mi historia había cambiado al fin. Me alegro de haber agotado ya la reserva de lágrimas que tenía almacenadas para todo el año.

111

Miro la pared fijamente y con cautela. Mientras tanto, Charm se incorpora y rebusca en una pila de carpetas y portapapeles que hay junto a la camilla en una mesa. Saca una hoja muy grande de plástico y empieza a agitarla frente a mí.

—Aun así es una pasada, ¿verdad?

Lo dice en una voz baja que le tiembla a causa de una emoción que apenas logra contener. ¿Alegría?

Miro la radiografía que sostiene en la mano. Me paso un buen rato sin saber muy bien qué es lo que estoy viendo. Han pasado unos cuantos años desde la última vez que vi mis pulmones sin esos nudos y marañas blancos que forman las proteínas en el interior. Ahora solo se distinguen esas líneas transparentes que son las costillas flotando sobre una sedosa oscuridad, limpia y vacía, como las imágenes de los pulmones sanos que aparecen en los libros de texto de Charm.

También sostiene una serie de fotos más pequeñas junto a la radiografía. Ultrasonidos. Veo mi corazón, mi hígado y mis riñones. Una frase en mayúsculas reza: DIAGNÓSTICO: NORMAL.

Miro las imágenes durante dos segundos. Y luego, tres. Parpadeo.

—No lo entiendo —susurro.

—Zin..., las proteínas han desaparecido. Todo lo que se te había acumulado en los órganos ha... —Charm chasquea los dedos—. Los médicos han comprobado tu identidad otras cuatro veces porque estaban seguros de que esta radiografía no podía ser tuya. No tienen ni idea de qué ha sucedido.

Se aparta el fleco con gesto presumido, lo cual me da pie a preguntarle:

—¿Y tú sí?

Charm me sonríe con el alegre entusiasmo que suele preceder a una de sus peroratas científicas.

—Bueno, tengo una teoría. Creo que, cuando viajaste a otra dimensión, que, por cierto, fue algo real que nos sucedió a las dos, las leyes de la física y la propia realidad se torcieron para encajar en ese universo.

—Creía que las leyes de la física nunca cambiaban y que por eso se llamaban leyes.

Charm resopla.

—Bueno, puede que en realidad sean lo que podríamos llamar directrices en lugar de leyes. Sea como fuere, las reglas del mundo de Prímula son diferentes de las del nuestro. —Mi cerebro, que aún trata de procesar la inmensidad de las radiografías limpias, hace una pausa para agitar las cejas y dice: «Conque Prímula, ¿eh?»—. En su mundo hay hadas malvadas, dagas mágicas y es probable que hasta unicornios. En su mundo, los besos sirven para eliminar maldiciones.

Tardo unos segundos en procesar lo que acaba de decir.

—Pero eso no ocurre en este mundo, ¿verdad?

Parte del fervor desaparece del rostro de Charm.

—No, en este no. Tomaron unas cincuenta muestras y confirmaron que tu ARN sigue jodido. Aún estás diagnosticada oficialmente con la enfermedad generalizada de Roseville.

Me imagino cómo las reglas de este mundo se reafirman sobre mis células, cómo la cruda realidad destruye la fantasía. Miro a Prímula de reojo y llego a la conclusión de que lo que me ha dejado confundida la primera vez que la vi no es solo la chaqueta de cuero: tiene el pelo de un rubio normal en lugar de ese dorado brillante e imposible. Sus ojos son azules en lugar de cerúleos. Creo que hasta me parece verle los poros. Ya no es la princesa de un cuento de hadas.

Charm carraspea y vuelve a dejar las radiografías junto con los demás documentos.

—Aun así, esto es maravilloso. Increíble. Es como si se hubiese reiniciado el reloj.

Trago saliva y saboreo el frío plasticoso del oxígeno artificial en la garganta.

—Entonces…, ¿cuánto…?

No es una pregunta que esté acostumbrada a hacer, ya que siempre he sabido exactamente el tiempo que me quedaba.

—No lo saben —responde Charm—. Podría ser un mes. O podrían ser otros veintiún años. Bienvenida a la mortalidad de toda la vida, amiga mía.

La voz vuelve a quebrársele y los ojos le brillan a causa de esas lágrimas que, en su inmensa cabezonería, es incapaz de derramar. Lo normal sería que yo le rehuyese la mirada, que retomáramos el sarcasmo y las bravatas. Pero, Dios, estoy cansada de ser demasiado cobarde como para permitirme el lujo de enamorarme de alguien. La cojo por la muñeca y tiro de ella hacia mí. Ella cae contra mi pecho y la envuelvo en mis brazos, y en ese momento me doy cuenta de que aún no he agotado mi reserva de lágrimas.

La princesa rodea la cama con educación y se pone a mirar la ventana mientras nosotras lloramos la una sobre la otra. Froto la espalda de Charm y veo a Prímula a través de la distorsión irisada de mis lágrimas. Una princesa que ha dormido con una daga envenenada debajo de la almohada, que cabalgó de noche para enfrentarse a su villana, que reluce ahora a la luz de un mundo nuevo, sin temblar siquiera. No creo que la próxima persona de la que se enamore Charm sea una cobarde.

Me paso una mano por la mejilla y acaricio el pelo de Charm.

—Oye, guapa, que me estás llenando de mocos la bata del hospital.

Ella pasa su cara sucia por mi clavícula y se acerca un poco más.

—Anda y que te den.

—Prímula —llamo en voz alta—. ¿Qué te parece?

La princesa aparta la mirada de la ventana, y un bucle de cabello amarillo se agita, con movimientos hipnóticos, a causa del aire acondicionado.

—¿Qué me parece el qué?

—Nuestro mundo. —Hago un ademán para abarcar la habitación abarrotada, con muebles insulsos de superficies que se pueden limpiar con facilidad—. Te juro por Dios que la uci del Columbus no es de lo mejor. También hay... ¿helado? Apuesto lo que sea a que en tu mundo no tienen de eso. Y vestidos con bolsillos. Derechos para los homosexuales; al menos, en algunos lugares. —Charm no se mueve de encima de mi pecho, sin apenas respirar—. Dejarías de ser una princesa, pero estás buena, eres blanca y joven, y no te costaría demasiado conseguir casi todo lo que te propongas. Ser bibliotecaria o fisioterapeuta o domadora de leones, suponiendo que alguien se dedique todavía a eso último. —Veo que la idea empieza a calar en Prímula, a reflejarse como estrellas en sus ojos. Toda una galaxia de posibilidades se extiende frente a ella donde antes solo había una historia circunscrita a un final amargo. Sé muy bien cómo se siente—. ¿Te gustaría quedarte?

Charm se incorpora. Mira a Prímula y luego aparta la mirada, como si la respuesta no le importase. Los peores flechazos de Charm son los que finge no haber tenido.

Prímula se mira la ropa prestada que lleva puesta y pasa el pulgar por la manga de cuero de la chaqueta. Le tiembla la mano.

—¿Puedo quedarme?

Le vuelvo a dar una patadita a Charm, y ella carraspea.

—Sí. Claro, podrías quedarte en mi casa. De todos modos, suelo dormir en el sillón.

Es una mentira como una catedral, pero no digo nada. Algunas mentiras son importantes.

Prímula mira a Charm por entre sus pestañas. Veo cómo mira el perfil testarudo del mentón de Charm, el ángulo recto desafiante de sus hombros.

—S-sí. Me gustaría.

Charm le dedica una sonrisa con ojos llorosos e hinchados, y Prímula se la devuelve. No tengo claro si poner los ojos en blanco o llorar un poco más.

Suena un chasquido casi audible cuando Prímula aparta la mirada de Charm, y se gira hacia mí. La sonrisa bobalicona aún no se le ha borrado.

—¿Y tú qué? ¿Qué harás?

Abro la boca para responder, pero no sale palabra alguna. Me quedo mirándola, con la boca abierta, y siento todas esas galaxias de posibilidades que giran a mi alrededor. Nunca había pensado en el futuro. Nunca lo había tenido.

La mano de Charm se encuentra con la mía y la estrecha. Le devuelvo el apretón.

—No lo sé —respondo, una verdad sencilla y maravillosa.

115

11

*T*ardo unas tres semanas en descubrirlo.

Paso ese tiempo entre mi casa, el hospital y el piso de Charm. Y lo cierto es que no tengo por qué ir al hospital. Los médicos me dicen que han empezado a aparecer las primeras proteínas en mis órganos, pero hacía años que no me sentía tan bien como ahora. Lo único que pueden hacer es prescribirme esteroides y supresores para retrasar el crecimiento de las proteínas. Creo que solo me dicen que vaya para hacerme pruebas y pincharme. Me citan una y otra vez para tomar muestras y hacerme biopsias, y también sesiones clínicas y entrevistas con unos médicos cuya actitud ha pasado del desconcierto a la ambición, como si se vieran mientras presentan sus descubrimientos en congresos, señalando con punteros láser el milagro de mis pulmones vacíos.

Tendría que preocuparme por haber pasado de ser una chica moribunda a una rata de laboratorio, pero lo cierto es que ya no me preocupa nada. Y, en el fondo y de manera inconsciente, sé que no voy a quedarme mucho tiempo.

Cuando voy al médico suelo quedarme en el piso de Charm, que está mucho menos tirado que antes. Ahora hasta tiene cortinas en las ventanas en lugar de toallas colocadas con sujetapapeles. Lo cierto es que algo así tendría que preocuparme, porque es un indicio más que suficiente de que está enamorada hasta las trancas de Prim, pero por suerte su amor parece ser correspondido. La primera vez que paso por la casa me cuenta que

Charm le ha regalado una navaja suiza, con una sensiblería de esas reservadas para los ramos de flores o los anillos de diamantes.

—¡Es mía! ¡Y Charm dice que no tengo ni que ocultarla! —No me puedo creer lo mucho que echaba de menos esos signos de exclamación—. ¡Es una herramienta y un arma!

—Sí, pero recuerda que en Ohio no hay duelos. Por ningún motivo. —Charm lo dice con un énfasis particular que muestra a las claras que ha vuelto a producirse uno de esos incidentes. Ya han tenido problemas con el cajero de un banco que no dijo bien su nombre y con el operario de una empresa de climatización que intentó darle su número a Prim y acabó con una hemorragia nasal—. ¿Qué tienes que hacer si te metes en problemas?

Prim se tranquiliza y dice:

—Mandarte un mensaje por el teléfono, como una persona normal.

Su educación en el mundo moderno va muy bien, a pesar de todo. Charm y yo la llevamos a dar largos paseos por la ciudad mientras le enseñamos a cruzar por los pasos de peatones y a respetar el código de circulación. Pasamos todo un día en La esquina de Pam explicándole todo lo que hay, desde la fruta falsa hasta los microondas. Hemos tenido problemas con ciertas cosas (el papel higiénico, internet o el concepto del trabajo remunerado), pero resulta que Prim es muy lista y valiente, aunque eso ya lo sabía.

Por las noches solemos dedicarnos a su educación cultural: nos colocamos y nos pegamos atracones de películas Disney y adaptaciones de Jane Austen (está de acuerdo con nosotras en que la mejor versión de *Orgullo y prejuicio* es la de 2005. Y lo es). Charm y Prim me dejan sentarme entre ellas en el sofá, con la cabeza apoyada en el hombro de Charm y las piernas por encima de las de Prim, mientras no dejamos de meter las manos en el cuenco de palomitas de maíz. Son como esas fiestas de pijamas que nunca tuve mientras crecía. Como un final feliz.

Y mi madre y mi padre viven como si estuviesen en una fiesta de nunca acabar. Mi padre no deja de preparar pasteles sin razón aparente, mientras tararea canciones desafinadas en la cocina. Mi madre ha consumido todos sus días de vacaciones en el trabajo, en lugar de acumularlos por si se produjese alguna emergencia médica. Reimplantamos la noche de juegos en familia y descubro, para mi gran consternación, que mi madre se ha pasado veintiún años dejándome ganar a *Los colonos de Catán*. Me robó el camino más grande que tenía sin contemplaciones ni remordimiento de ningún tipo.

Tengo la fastidiosa sensación de que tendría que estar haciendo otras cosas: moviendo el currículum para empezar a trabajar o uniéndome a los Cascos Azules o meditando sobre el regalo que me ha concedido el tiempo, pero lo único que me apetece es holgazanear por Roseville con las personas a las que quiero.

Tardo un tiempo en darme cuenta de que en realidad es una despedida.

Una noche, mientras coloco la compra del supermercado con mi padre, veo en una bolsa un juego de sábanas limpias aún metidas en el plástico.

—¿Son para mí?

Mi padre tiene medio cuerpo metido en la nevera y se ha puesto a recolocar los táperes para hacerle hueco a la leche.

—¡Estaban a mitad de precio! Di por hecho que no querrías llevarte las viejas. Las tienes desde hace mucho, ¿no? Desde secundaria, por lo menos.

Me quedo mirando la puerta de la nevera.

—¿Voy...? ¿Voy a alguna parte?

Mi padre sale del frigorífico con una cazuela llena de sobras de lentejas en una mano y un apio un tanto blanduzco en la otra. Me dedica un encogimiento de hombros y una extraña sonrisa que tiene más de gesto torcido, como si fuese amarga.

—No tienes por qué hacerlo, claro, ahora que ya tienes...

Vuelve a encogerse de hombros. Pienso en todas las maneras en las que podría haber terminado esa frase: «un futuro», «una vida», «una historia que aún no ha terminado».

—Ah. Sí. Supongo. —La vuelvo a notar. Esa sensación de que las galaxias giran a mi alrededor, colgando allí como frutas maduras listas para coger. Y descubro que mi padre tiene razón. Empiezo a cortar tomates en dados sobre la encimera sin articular palabra. Luego carraspeo—. ¿A mamá y a ti... no os importaría...?

Se queda muy quieto, con una caja de Cheerios en la mano.

119

—¿No os importaría si me voy un tiempo, aunque sea mucho? ¿No os enfadaríais?

Mi padre suelta la caja de Cheerios y apoya ambas manos abiertas sobre la encimera, dándome la espalda.

—Cuando desapareciste, pensé que se había acabado todo. Charmaine no dejaba de decir que todo iba bien, pero lo cierto es que yo no la creía. Pensaba que quizá te habías fugado y que ella te hacía de tapadera. —Habla despacio y con un hilillo de voz, como si le costase horrores hablar por el nudo que tiene en la garganta—. Me dolió muchísimo. Claro que dolió. No dejaba de pensar en todas las horas que pasé tratando de retenerte aquí, tratando de salvarte… a ti, o más bien a mí mismo…

—Papá, lo siento…

Da un manotazo sobre la encimera.

—Y sé que fue una pérdida de tiempo terrible. De mi tiempo y del tiempo que podríamos haber pasado juntos. Tendría que haberte dejado hacer lo que quisieras, joder. Tendría que haber pasado más tiempo pensando en tu vida que preocupándome por tu muerte.

Y por fin se gira hacia mí y me mira directamente. No tiene los ojos llenos de lágrimas, porque estas ya han empezado a caerle por las mejillas y a acumulársele en las arrugas que se le forman a causa de la sonrisa. Abre los brazos en mi dirección.

—Lo siento mucho. Ve adonde quieras. Cuentas con nuestra apro-

bación. —Me dejo caer en sus brazos, no sin antes tropezarme con las bolsas medio vacías del supermercado—. Pero escríbenos algún mensaje de vez en cuando, ¿eh?

A la mañana siguiente me despierto con un ligero dolor de cabeza provocado por el llanto, un alivio extraño en el pecho y la certeza sosegada de que ha llegado el momento de marcharme. En esta ocasión, hago las maletas con lo estrictamente necesario: unas semanas de medicamentos, una muda de vaqueros, el cargador del teléfono y mis sábanas nuevas, que aún no he sacado del plástico. También una astilla que he robado de otro mundo.

Mi madre está en el jardín espantando abejorros con una bandeja de aluminio para pasteles llena de jabón y mi padre duerme, por lo que dejo una nota junto a la cafetera.

«Volveré cuando pueda. Llegaré cuando llegue. Os quiero. Zin.»

Una vez en el coche, me dispongo a mandarle un mensaje a Charm. No en el grupo que hemos usado durante las últimas semanas, en el que, por cierto, hemos convencido a Prim de que no empiece todos los mensajes con un «A mis estimadas compañeras Zinnia y Charmaine», sino solo a ella.

Reúnete conmigo en la torre, princesa.

※ ※ ※

Charm tarda unos once minutos en llegar, que es justo el tiempo que tardaría en leer el mensaje, ponerse los vaqueros y conducir desde su casa hasta la antigua penitenciaría estatal. Seguro que estaba durmiendo con el sonido del móvil activado.

Levanto una mano para saludarla y me apoyo en la piedra tibia de la torre. Ella me mira con los ojos entrecerrados y el pelo alborotado, y se acerca por la tierra llena de surcos y de hierba descuidada antes de apoyarse a mi lado.

Está tan cerca que siento el calor de su piel y veo las marcas rosadas que las sábanas le han dejado en la cara.

—Buenos días —saludo.

—Buenos días —responde ella, con tono neutro—. ¿A qué coño viene esto?

—Charm, por favor. No te enfades…

—Como me vuelvas a hablar con ese tono de voz, ten por seguro que perpetraré un crimen contra tu persona.

Debí haber tenido claro que esto sería mucho más complicado que limitarme a dejar una nota. Me quedo en silencio y jugueteo con la astilla de madera que tengo en las manos. Ha pasado las últimas tres semanas en mi bolsillo, y los bordes están empezando a alisarse debido a lo mucho que la he manoseado. La punta aún está muy afilada.

Noto que Charm me mira las manos y oigo el suave murmullo de su aliento.

—Vas a fugarte, ¿verdad?

Lo cierto es que no es una pregunta, de modo que no respondo. Asiento una vez sin dejar de mirar el suelo.

—¿Puedo preguntarte la razón? —Lo dice con una calma feroz y muy cautelosa, pero oigo la mordedura que anida bajo las palabras y siento el dolor que inflige dicha mordedura—. ¿Por qué ibas a hacerlo ahora que te has curado por arte de magia?…

La interrumpo con voz suave y tranquila.

—No estoy curada. No del todo. —Ella ya lo sabe. Le enseñé los pequeños brotes grises de las radiografías, esa maldición que pesa sobre mí y que no ha terminado de desaparecer—. Lo único que tengo es más tiempo.

Suelta un gemido hosco y obstinado.

—Tiempo que podrías pasar con nosotras.

Me pregunto si es consciente de lo rápido que su «yo» se ha convertido en un «nosotras».

En vez de mirarla a los ojos, le hablo al verde turbio del horizonte.

—No nos hemos separado ni un solo día desde que estábamos en el instituto, Charm. Y te agradezco cada segundo de esos días. —Le doy una patada a un diente de león, que mancha la tierra de amarillo—. Pero, hasta en los mejores momentos, una parte de mí se sentía… en una carrera contrarreloj. A la espera. Deseando salvarme de alguna manera, pero sin pensar nunca en apuntar más alto.

—¿Más alto?

Carraspeo. Cómo me gustaría que la verdad no sonase tan cursi.

—Salvar a los demás. Tendría que haber acudido a todas esas estúpidas protestas de los Niños de Roseville, tendría que haberlo intentado al menos, y ahora es demasiado tarde.

La semana pasada, un reportero de la CNN me pidió permiso para escribir un artículo sobre mí, «la última víctima superviviente de la EGR». No le respondí, pero la palabra «víctima» me afectó sobremanera y no se me va de la cabeza, se me ha quedado clavada como una espinita que no consigo quitarme.

Charm no dice nada, de modo que sigo hablándole a ese horizonte verdusco.

—No puedo dejar de pensar en los demás. No solo en los demás niños que también tenían la enfermedad de Roseville, sino en las demás bellas durmientes. Las jóvenes de otros mundos que ahora mismo mueren, o bien atrapadas, o bien sometidas a maldiciones, y que merecen una historia mejor que la que han tenido. Que están solas. —Paso los dedos por la punta de la astilla, y el sonido agudo de la respiración de Charm me deja claro que lo ha entendido. Me deja claro que ahora ve cómo las páginas infinitas del universo pasan ante mí, un volumen enorme lleno de miles de injusticias que deben repararse, miles de princesas que necesitan que las rescaten o, al menos, que alguien les tienda una mano—. No sé cuánto tiempo me queda, pero sí que sé lo que quiero hacer con él.

Charm exhala muy despacio a mi lado.

—Y decían que sacarse la carrera de Folclore no servía de nada.

—Pues sí que sirve..., si un hada malvada te ha lanzado una maldición, claro.

Como chiste, es muy malo, pero Charm sonríe por primera vez desde que salió de su Corolla.

—Puede que lo hayamos malinterpretado. Quizá no eras la princesa, sino el príncipe.

Se frota el tatuaje de Superman mientras lo dice. Me encojo de hombros.

—O puede que hayamos malinterpretado el cuento de principio a fin. Puede que la EGR sea más parecida a una manzana envenenada que a una maldición, y que haya siete tipos esperando para meterme en un ataúd de cristal cuando muera. Puede que un beso de mi amor verdadero sirva para devolverme a la vida. —Le doy otra patada al diente de león—. Puede que haya una cura en alguno de esos otros mundos.

Charm me dedica una mirada de reojo pero intensa, y luego entrecierra los ojos y mira al sol del amanecer.

—Me alegra saber que intentas salvarte a ti misma. Al fin.

—Sí, así quizá tú puedas dejar de intentarlo. Al fin.

No necesito mirarla para saber que ha empezado a apretar los dientes. Dios, pero cómo se puede ser tan testaruda. Tendría que advertir a Prímula antes de marcharme. Después recuerdo los signos de exclamación y me pregunto si en realidad no debería advertir a Charm.

—Mira, no…, no trabajes para la maldita Pfizer. No te quedes en Roseville. Haz cosas, lo que sea. Lo que quieras. Y llévate contigo a Prim.

—No eres mi jefa —responde Charm con tono reflexivo, pero veo el peligro que entraña el que haya dejado de apretar los dientes al oír el nombre de Prim. Traga saliva y añade, con naturalidad—: Por cierto: te quiero. —Tiene las manos metidas en los bolsillos del pantalón y la mirada fija en el cielo—. No tienes por qué responderme. Conozco tus reglas. Solo quería que lo supieses antes de…

Apoyo la cabeza en su hombro, justo donde el pelo de Superman se le enrosca en la frente.

—Yo también te quiero. —Me resulta muy fácil decírselo, como el tirón final antes de deshacer un nudo—. Era una regla estúpida.

—Bastante calentorra, pero estúpida, como siempre he dicho. —La voz de Charm suena áspera y densa, otra vez al borde de las lágrimas—. ¿Volverás a casa cuando estés lista?

—Te lo prometo.

—Vale. —Charm se gira hacia mí y me da un beso, fuerte, en la coronilla—. Espero que encuentres tu «y fueron felices y comieron perdices» o lo que sea.

—Ya lo he encontrado —respondo, y puede que mi voz también suene un poco densa—. Ahora lo que busco es un «érase una vez» mejor.

No nos decimos adiós. Nos quedamos de pie durante un rato, con mi mejilla apoyada en su hombro y viendo cómo amanece sobre Muskingum County. Charm termina por suspirar y volver a su coche. Se gira y me dedica un beso volado definitivo y estridente antes de entrar.

La torre conserva un tenue aroma a rosas. Las veo arrugadas y marchitas en los cubos, y los pétalos amontonados contra las paredes. Veo el coche de Charm desde las ventanas mugrientas, siento el calor cada vez más intenso del verano y pienso en esas historias que se cuentan demasiadas veces, en la tinta que pasa de una página cósmica a otra y en la narración obstinada del universo. El coche de Charm desaparece en una curva de la carretera mientras el sol reluce contra el parabrisas, y luego vuelvo a convertirme en una joven sola en una torre.

Pero en esta ocasión no es medianoche. En esta ocasión no me he emborrachado con cerveza barata a causa de la desesperación, ni ansío escapar de la historia que me ha tocado vivir. En esta ocasión sonrío, sonrío cuando me pincho el dedo con la punta de la astilla de esa rueca resquebrajada.

125

AGRADECIMIENTOS

Si los escritores recibiesen regalos de hadas el día de su bautismo, dudo que fuesen mejores que estos:

Una agente como Kate McKean, que sabe muy bien cómo disuadirme en todo momento.

Un editor como Jonathan Strahan, que no se rio cuando le dije que quería escribir un multiverso arácnido, pero con cuentos de hadas. Y también un editor como Carl Engle-Laird, que tiene debilidad por los memes de la década pasada.

Un equipo editorial como este, con la paciencia, el tiempo y el talento de Irene Gallo, Ruoxi Chen, Oliver Dougherty, Troix Jackson, Jim Kapp, Lauren Hougen, Michelle Li, Christine Foltzer, Jess Kiley, Greg Collins, Nathan Weaver, Katherine Minerva, Rebecca Naimon, Mordicai Knode, Lauren Anesta, Sarah Reidy, Amanda Melfi y todo el equipo de *marketing* de Tor. Asesores como Ace Tilton Ratcliff, que hizo que esta historia fuese más sagaz y amable, más verdadera, y a lectores beta como Ziv Wities, H.G. Parry, Sam Hawke, Rowenna Miller, Leife Shellcross, Anna Stephens, Tasha Suri y los demás habitantes del búnker, quienes tenían mejores cosas que hacer con su tiempo, pero decidieron usarlo para corregir mis referencias a Tolkien.

Amigas como Corrie, Taye y Camille, quienes dejaron de lado las leyes de la física por mí cualquier día de la semana.

Padres y hermanos como los que tengo, que me dieron un maravilloso «érase una vez».

Y una pareja y unos hijos como los que he encontrado, quienes me dieron un perfecto «y vivieron felices y comieron perdices».

Este libro utiliza el tipo Aldus, que toma su nombre
del vanguardista impresor del Renacimiento
italiano, Aldus Manutius. Hermann Zapf
diseñó el tipo Aldus para la imprenta
Stempel en 1954, como una réplica
más ligera y elegante del
popelar tipo
Palatino

La rueca resquebrajada se acabó
de imprimir en un día de otoño de 2022,
en los talleres gráficos de Egedsa,
Roís de Corella 12-16, nave 1
Sabadell (Barcelona)